ベリーズ文庫

いきなり三つ子パパになったのに、エリート外交官は溺愛も抜かりない！

吉澤紗矢

STARTS
スターツ出版株式会社

目次

いきなり三つ子パパになったのに、エリート外交官は溺愛も抜かりない！

いきなり三つ子パパになったのに、
エリート外交官は溺愛も抜かりない！

プロローグ

「麻衣子《まいこ》！」

背後から聞こえてきた声に、雨村《あめむら》麻衣子はその場で立ちすくんだ。

麻衣子にとって決して忘れることができない、でも二度と聞くことがないはずの声だったからだ。

心臓がどくんどくんと音を立てる。

覚悟を決めて振り返ると、少し距離を置いた先に彼がいた。

（裕斗《ひろと》さん……）

麻衣子が初めて恋をした相手。

彼と最後に会ったのはもう三年も前のことだ。

昔と変わらない彼の美麗な顔貌に浮かぶ以前はなかった影が、別れてからの時間を表しているようだった。

彼が好きだった。ずっと寄り添って生きていきたいと思っていた。でも麻衣子から別れを告げた。

そうするしかなかったから。

彼を忘れて、別々の人生を歩むのがお互いの為だと思った。

だから会いたくなかった。

辛《つら》い別れから立ち直り順調に生活をしていたのに、彼の顔を見た途端に蓋をしていた気持ちが溢れ出す。

今でもまだ彼を愛していると――。

外交官と留学生

　ふたりの出会いは、麻衣子がイギリスに留学して一カ月が経った秋の夕暮れ時のこと。

「うわあ……すごいお屋敷」

　ロンドン中心部からほど近い、セントジョンズウッドの高級住宅街に佇む邸宅を前に、麻衣子は驚きの声をあげた。

　バースデーパーティーに招かれやってきた友人の家は、歴史を感じるヴィクトリアスタイルの大豪邸だった。

（これが個人宅だなんて……私、場違いじゃない？）

　これまでの二十五年の人生で関わりがなかったセレブな集まりに違いない。

（で、でも今日はお祝いをするために来たんだもの。余計なことは気にしないようにしよう）

　パーティーの主役である亜里沙《ありさ》とは、フラワーデザインを学ぶカレッジのクラスメイトとして出会った。

彼女は日本屈指の海運会社である『浅霧汽船《あさぎりきせん》』の社長令嬢だ。母親はイギリスの上流階級の令嬢で、このお屋敷は彼女の祖父母の家だそうだ。

庶民の麻衣子とは育った環境がまるで違うが、不思議と意気投合した。資格を取得しフラワーデザイナーとして一人前になるという、同じ目標を持っているからかもしれない。

少し緊張しながら足を進める。玄関ホールがとにかく広い。開放感のある吹き抜けに、床は一面綺麗に磨かれた大理石。左右の階段が優美なカーブを描きながら上階に続いており、その中央には凝った造りのワイヤーアートシャンデリアがひと際存在感を放っている。

ラグジュアリーホテルのロビーのような玄関ホールには、招待客と思われる人々がつぎつぎにやってきた。

皆、お祝いの場に相応《ふさわ》しい美しい装いだ。普段はラフな服装が多い麻衣子も、ドレスコードがカジュアルエレガンスだと聞き、よそゆきのクリームイエローのワンピースを選んだ。普段はまとめている肩の長さのストレートヘアは下ろしてワンカールに。

童顔で実年齢よりも幼く見られがちな顔も丁寧にメイクをしたおかげで、華やかな場でも浮いているということはないと思う。

ほっとしながら、周囲の様子を窺う。

麻衣子以外は互いに面識があるのか、親しそうに挨拶を交わし会話を楽しんでいるようだ。当たり前だけれど早口の英語なので、半分くらいしか聞き取れない。

戸惑っていたとき、「麻衣子！」と呼びかけられた。

声がした方を見ると、笑顔の亜里沙がこちらに向かって来ているところだった。鮮やかなピーコックブルーのドレスが、長身で彫りが深い顔立ちの美人である彼女によく似合っている。

「亜里沙」

「無事に着いてよかった、道に迷ってないか心配だったの」

「大丈夫だったよ。それより亜里沙、二十四歳の誕生日おめでとう！」

麻衣子は用意していたプレゼントを差し出した。なんでも持っていそうな彼女に何をプレゼントすればいいか悩んだ末に、桜をイメージしたハーバリウムと、人気の焼き菓子を選んだ。

「ありがとう！」

手提げの中を覗いた亜里沙が笑顔になる。

「綺麗ね。麻衣子のセンス本当に好き」

(喜んでもらえたみたいでよかった)

ほっとしたところで亜里沙に促されて玄関ホールから移動する。五十畳以上ありそうな広い部屋には、白いソファが三セット間隔を空けて配置され亜里沙の友人と思われる人たちが談笑していた。最奥に大きな暖炉があり窓の向こうには綺麗な芝の庭が広がっている。

麻衣子以外にも招待されたクラスメイトがいるかもしれないと探してみたが、今のところ見当たらない。心細さを感じていると、麻衣子の心配に気づいたようなタイミングで亜里沙の声がした。

「みんな積極的に交流を持ちたがっているから、気楽に話しかけて大丈夫よ。でもまずは私の知り合いを紹介するわ」

「ありがとう、助かる」

亜里沙が向かったのは部屋の奥で談笑している男性のもとだった。

「裕斗さん、少しいいかしら」

「はい」

彼は突然話しかけられたというのに戸惑う様子はなく、談笑相手に断りを入れてから亜里沙に向き合った。

「こちらは羽澄《はすみ》裕斗さん。外務省の職員なの。仲良くしておくと心強いわ」

亜里沙の言葉を受けて、男性の注意が麻衣子に向けられる。

彼の意志が強そうな目と視線が重なった瞬間、麻衣子の心臓がどくんと大きく音を立てた。

身長百六十三センチの麻衣子が見上げるほどのすらりとした長身を、ダークグレーの上質なスーツに包んでいる。シャツもネクタイもセンスのよさを感じるものでいかにも洗練された雰囲気だ。

整った輪郭の小さな顔には、きりりとした眉に少し目じりが上がった印象的な瞳、高い鼻梁が完璧なバランスで収まっている。眉目秀麗という言葉が相応しい文句なしの美形。

しかし麻衣子が気になり見入ってしまうのは、その優れた顔貌というよりも彼の眼差しだった。

目力というのだろうか。彼の強さや気高さが表れているような気がするのだ。

「彼女はクラスメイトの雨村麻衣子さん。すごくいい子で、まだ出会ったばかりだけど親友になったの」

亜里沙の明るい声に麻衣子ははっとして頭を下げた。

「よ、よろしくお願いします……」

慌てたせいか、気の利いた言葉が続かない。きっと無愛想だと思われた。けれど目の前に佇む彼を見た瞬間に感じた衝撃から、いまだに抜け切れていないのだ。ドキドキと胸が高鳴って……これはもしかして一目惚れなのだろうか。

(……いえ、まさか。ただ外務省の人と話すのなんて初めてだから緊張しているだけ)

一瞬浮かんだ考えを、麻衣子は即座に否定した。

たしかに彼は、これまで見たことがないくらい人目を引く容姿をしている。けれど麻衣子は決して惚れっぽいタイプではないし、恋愛に関してかなり奥手というか熱意がなく、これまでも恋人ができたことがない。

きっと初めて経験する華やかなパーティーの空気に、少し舞い上がっているだけだ。

(落ち着こう。浮かれて失礼な振る舞いをしないようにしなくちゃ)

「私は挨拶回りをしてくるわ。裕斗さん、その間、麻衣子をよろしくね」

亜里沙が手を振りながらその場をあとにした。

初対面の裕斗とふたりという状況に麻衣子は緊張を覚えたが、裕斗は平然としている。目が合うと彼は麻衣子を気遣うように微笑んだ。

「せっかくだから少し話しませんか?」

「は、はい」

裕斗に促され、麻衣子は近くの三人掛けのソファに腰を下ろした。続いて裕斗が少し距離を空けて隣に座る。ふわりと爽やかなフレグランスの香りが鼻をかすめ、どきりとした。

「雨村さんは、亜里沙さんのクラスメイトと言っていたから留学生ですよね。いつイギリスに？」

裕斗が自然に話題を振ってきた。高くも低くもない聞き心地のいい声音だ。

「一カ月ほど前、九月の初めです。慣れない環境に戸惑っていた私に、亜里沙から声をかけてくれたんです」

クラスメイトの多くはイギリス人で、留学生は少数だった。

日本にいる頃から英語の勉強を続けていたが、クラスメイトの流暢な会話についていくのはなかなか難しい。

そんな中、亜里沙が話しかけてくれて、本当にうれしかったのだ。

「気が合う友人ができてよかったですね」

「はい。こうして誕生日パーティーにも招待してもらって……ただこういう場は初めてだから緊張しますね」

麻衣子が周囲を見回しながら言うと、裕斗が理解を示すように頷いた。

「誰でも初めはそうなりますよ。雨村さんはどんな勉強を？」

「はい、あの、花飾と園芸を学んでいます」

「それならイギリスは最適ですね。イングリッシュガーデンツアーには参加しましたか？」

「いいえ、参加したいと思っているんですが、授業で見学できるところがあるみたいなんです。見学先が急に変更になる場合もあるそうなのでもう少し様子を見てからと思っています」

「たしかにツアーと同じところになったら残念だ」

「そうなんです！　イギリスには素晴らしい庭園がたくさんあるから、できるだけ見て回りたくて……」

初めは緊張して声が出ないくらいだったのに、裕斗が聞き上手だからか思いのほか会話がスムーズに進み、緊張が解けて口数が増えていった。

やや砕けた口調になり、初対面でありながら自分のことを語ってしまうくらいに。

「高校を卒業後、花屋に就職したんです。学校に求人が来ていたものの中から、お給料や通勤時間などの条件で選んだんですけど、働いているうちに、花や園芸についてもっと勉強してみたくなりました。せっかくなら留学して本場で学んでみたいと思って」

　裕斗の表情が僅かに変化した。興味深そうな眼差しを麻衣子に向ける。

「働きながら留学準備を？　それは大変だっただろう」

「私の場合は英語の勉強も必要だったからそれなりに苦労はありましたけど、夢を叶えるためなので、大変さよりもやる気が勝《まさ》っていて楽しかったです」

「雨村さんは前向きなんだな」

　裕斗の目に優しさが滲んだ。彼が纏う雰囲気が一層柔らかくなるのを感じる。

「勉強は楽しい？」

「はい。それに一日を知識と技術を吸収することだけに使えるのは本当に贅沢なことだなとしみじみ感じます。切磋琢磨できるクラスメイトとの出会いもあったし、イギリスに来て本当によかった」

　笑顔で答えると、裕斗もつられたのか口角を上げた。

「あの、羽澄さんは外務省の職員だそうですけど、大使館で働いているんですか？」

「ああ。外交官としてね」

「外交官って……すごい、エリートなんですね」

裕斗がくすりと笑った。

「エリートかは分からないが、誇りを持って仕事をしているよ」

裕斗の声音から、言葉の通りの仕事に対する自負心が伝わってくる。自分の仕事についで、こんなふうに語る人と接するのは初めてだ。

「あの、どんな仕事をされているんですか？」

麻衣子は外交官という職業について、よく知らない。華やかなエリートの印象があるが、具体的に何をしているのかまでは考えたことがなかった。

それほど、自分とは関わりがない存在だったのだ。

（でも、こんな質問をしたら無知だって呆れられちゃうかな）

少し心配だったが、裕斗は親切に答えてくれる。

「外交官の究極の使命は日本の国益を守ることだ」

「……究極の使命？」

思ったよりも崇高で壮大な答えが返ってきたから驚いてしまう。そんな麻衣子を見た裕斗が再び笑った。

「おおげさな言い方だと思うよな。でも俺たち外交官は日本を背負っているんだと、そういった意識を持って行動している。赴任先の国と日本との関係を良好に保つのが大切な役目で、人脈づくりは欠かせない。他にもいろいろあるが、今は日本企業の海外進出のための足場づくりをしているんだ」

裕斗の口ぶりは迷いがなく、彼がこれまでの人生で培ってきたものが自信になって表れているようだ。

麻衣子は感心しながら口を開いた。

「あの、おおげさだなんて思いません。自分の仕事に誇りを持つなんて素晴らしいです。私がこうやって留学できるのは日本とイギリスの関係が良好だからですよね。それは外交官の活躍のおかげなんだと思いました」

「……ありがとう。そう言ってもらえると報われた気持ちになるよ」

素直に感じたことを言葉にしただけだが、裕斗はうれしそうに微笑んだ。

会話を楽しみしばらくしたとき、亜里沙が戻ってきて、麻衣子と裕斗の様子を見て目を丸くした。

「あら、すっかり仲良くなったみたいね」

「うん。羽澄さんが気を遣ってくれたから」

打ち解けるまでに時間がかかる方の麻衣子にしては珍しいほど、初対面なのに会話が弾んだ。

（きっと羽澄さんが聞き上手だから）

人脈を作るのは外交官の大切な仕事だと言っていたから、コミュニケーション能力が高いのだろう。

それにとても優しい人だ。亜里沙が戻るまで、このような場に不慣れな麻衣子をひとりにしないように側にいてくれたのだと思う。

ありがたいなと思いながら、麻衣子は裕斗に目を向ける。

「羽澄さん、話し相手になってくださりありがとうございました。とても楽しかったです」

「俺も楽しかったよ。またあとで話を聞かせてほしい」

裕斗が麻衣子を見つめて微笑んだ。

「はい。私の話でよかったら……」

社交辞令かもしれないが、楽しかったと言ってもらえてうれしかった。

裕斗と別れた後は、遅れてやってきたクラスメイトと合流した。亜里沙の友人を何人か紹介してもらい会話をしているうちに、終わりの時間が迫っていた。

結局裕斗と再び話す機会は訪れなかった。

内心がっかりしながら帰ろうとすると、足音が近づいてきた。

「雨村さん！」

「え、羽澄さん？」

彼は振り返った麻衣子の前で立ち止まると、優しく微笑んだ。

「あとで話そうと言ったのに、連絡先を交換していなかったから」

「あ……そうでした」

麻衣子の胸がどくんどくんと早鐘を打つ。

彼と関わる機会はもうないだろうと落胆していた心が、期待で舞い上がる。

麻衣子は頬を染めながら、バッグからスマートフォンを取り出したのだった。

ロンドンから特急電車で四十分ほどの郊外に、麻衣子が留学しているカレッジがある。

日本の学校では見られないほど広大なキャンパスの敷地内には小川が流れ、たくさんの植物が自生していて自然豊かだ。

併設された寮では、数百人の学生が生活をしている。

麻衣子の部屋はひとり用で、六畳サイズの室内に、ベッドと机とチェストが配され、シャワーとトイレがついている。

留学生のクラスメイトは、殺風景で設備が貧弱だと不満を零《こぼ》していたけれど、麻衣子は満足していた。

麻衣子は一年間の専門コースで、花飾学と園芸学について、座学と実践を繰り返して学ぶ。

ブリティッシュスタイルのフラワーアレンジメントは、自然美を意識したものだ。グリーンを多く使いナチュラルテイストに仕上げる。庭に咲く花のように左右非対称に、けれど調和がとれるようにまとめていく。それらを決められた手順で行うのだけれど、更に流行を意識することも大切らしい。

授業は座学も実践も英語で進められるから、聞き逃さないようにするだけでも必死だ。寮に帰ってから復習をしないと、とてもじゃないがついていけない。その点だけでも他の学生に比べて不利で苦労はあるが、知識と技術が身につくのを実感するのはやりがいがあり楽しかった。

(好きな勉強に集中できるなんて、最高の環境だよね)

麻衣子は高校卒業後すぐに就職をしたが、本当は大学に進学して興味を持っていた西洋史の勉強をするつもりでいた。

けれど高校二年生のときに父が病気で亡くなったため、経済的な面などを考え進路を変更せざるを得なかったのだ。

奨学金を受ければ進学できただろうが、母が心身ともに弱り、仕事を続けられなくなる不安があったこと、二歳年下の妹、絵麻《えま》も大学進学を希望していたことなどトータルで考えた結果、自分は就職をして安定した収入を得て家族を支えようと決めたのだ。

その決断に後悔はない。おかげで母が休んだ期間も経済的な不安を感じることはなかったし、妹が希望の大学に無事進学できたのだから。

ただいつか、余裕ができたときに自分も大学で勉強してみたいと思い、できる限り貯金をしていた。

そして絵麻が大学四年生になり、第一志望の会社への就職が決まったのを機に、家族にも背中を押され夢を叶えるために動きだした。

（まさか、フラワーデザイナーを目指して海外留学をすることになるとは思っていなかったけどね）

歴史の勉強から花の勉強へと、進みたい道は変わったけれど、麻衣子は今の環境を幸せだと思っている。

フラワーアレンジメントの本場であるここイギリスで学び、フラワーデザイナーとして一人前になりたい。

そしていつか自分の店舗が持てたら……。

たくさんの花々が咲く小さな店で働く未来の自分を想像すると、心が弾むのだった。


「麻衣子、こっちが空いてる」

亜里沙が誰も座っていないベンチを見つけ声をあげた。

授業がある日のランチは、たいてい亜里沙と共に食堂に行くが、今日は久しぶりに天気がいいので、パンを買い屋外で食べることになった。

並んで座り、授業の内容などを話しながら食事をしていると、亜里沙がふと思い出したように言った。

「あれから羽澄さんとは連絡取ってるの？」

「えっ？　……ごほっ！」

「ちょっと、大丈夫？」

亜里沙が慌てて声をあげる。

「う、うん……ちょっと変なところに入ったみたいで」

本当は突然裕斗の話題になったから、驚いてしまった。

麻衣子は飲み物を飲み、呼吸を落ち着けてから口を開く。

「羽澄さんとは、あれきりだよ」

「そうなの？　羽澄さん、すぐにでも連絡をしそうな勢いだったんだけどな……」

亜里沙が不思議そうに首をかしげる。

実は麻衣子も、あの日の別れ際は同じような感想を持っていた。

だから、連絡が来るのを楽しみに待っていたのだ。残念ながらあれから一週間が経った今でも、着信ひとつないのだけれど。

「……忙しいんじゃないかな。気が向いたらいつか連絡をくれるかもしれない」

口ではそう言いながらも、可能性は低いと思っている。

「麻衣子からは連絡しないの？　新しい友人ができたって喜んでいたじゃない」

「うん。亜里沙がたくさん友人を紹介してくれたことには感謝しているよ。ときどきメッセージのやり取りをしている人もいるし。ありがとうね」

様々な考えを持つ人との交流は視野が広がるし、勉強になる。

「羽澄さんとの会話もすごく楽しかったけど、仕事の邪魔になったら申し訳ないから連絡するのはやめておく。私も寮に戻ってから復習と予習があるからね」

「麻衣子は成績優秀じゃない。勉強ばかりじゃなくて少し息抜きした方がいいんじゃやない？」

「来週は実地研修で遠出もあるから、今はそれに集中したいと思って」

本当は彼ともう一度話したい。このまま縁が切れてしまいそうで寂しくなる。けれど自分から連絡をする勇気がない。もし迷惑そうにされたら、厚かましいと思われてしまったらなどと悪い方に考えてしまうのだ。

亜里沙は麻衣子の本音を隠した言い訳に納得してくれたようだった。

「それもそうか。学生の本分は勉強だもの。私も頑張らなくちゃ」

亜里沙は、日本に帰国後、フラワーショップを開業する予定だそうだ。

実家が管理している土地にちょうどいい場所があるらしく、かなり具体的なプランが仕上がっている。とことん拘《こだわ》って素敵な店に仕上げたいと張り切っていた。

ショップのイメージ画を見せてもらったが、スタイリッシュで人目を惹きそうな店だった。亜里沙は天性のセンスがあると思う。

加えて恵まれた家庭環境。彼女を羨ましいと思う気持ちがまったくないと言えば嘘になるが、それ以上に頑張ってほしいと思うし、応援している。

「ねえ、あとで一緒に復習しようか」

麻衣子の誘いに、亜里沙が顔を輝かせる。

「いいの？　麻衣子は授業内容を分かりやすくまとめているから、助かるんだ」

「私も亜里沙がいると、予習が捗《はかど》る。テキストを読むとき英語に躓《つまず》くことが多いから」

麻衣子の場合、語学にもう少し力を入れないといけないかもしれない。

授業後の予定を話し合っていると、先ほど感じた喪失感に似た寂しさは、いつの間にかどこかにいってしまっていた。

初めての恋人

もう来ないだろうと諦めていた裕斗からの連絡が来たのは、亜里沙との会話から二日後の夜。自室で寛いでいるときだった。

スマートフォンの画面に裕斗の名前が表示されたとき麻衣子は息をのむほど驚き、緊張しながら電話に出た。

「は、はい……」

《羽澄です。今、話せるかな？》

彼の親しみを感じる声が耳に届くと、うれしさに心が弾んだ。諦めたといいながら、彼からの連絡を待っていたのだ。

「はい、大丈夫です。羽澄さん、お久しぶりです」

麻衣子の少し上ずった声に、落ち着いた低い声が答える。

《もっと早く連絡しようと思っていたんだが、大使のスコットランド訪問に急遽同行することになってバタバタしてたんだ》

「そうだったんですね。もう落ち着かれたんですか？」

《ああ。雨村さんは元気にしていた？》
「学校と寮の往復ですけど、毎日充実しています」
《外出はしないのか？》
「はい。買い物などはカレッジ内でできるので。そのうちロンドン観光をしたいと思っているんですけど、なかなか機会がなくて」
《俺でよかったら案内しようか》
裕斗の思いがけない申し出にどきりとした。
「でも……迷惑ではないですか？　仕事も忙しいでしょうし」
誘ってくれたことはうれしいけれど、ただの留学生が外交官に負担をかけるのは申し訳ない気がする。
（さっきも忙しかったって言ってたもの）
《大丈夫だから気にしないで。日本からの留学生をフォローするのも自分の役目だと思ってる》
「そうなんですか？　……それなら、お願いしたいです」
麻衣子が遠慮がちにそう言うと、裕斗が「分かった」と明るい声で応じた。役目だから仕方なくではなく、本当に楽しみにしているように感じた。

（羽澄さんは仕事熱心で親切で、前向きな人なんだな）
麻衣子が亜里沙の友人だからというのも、気にしてくれる理由なのかもしれない。
（そういえば、亜里沙と羽澄さんにはどんな繋がりがあるのかな）
バースデーパーティーに呼ぶくらいだから、親しく付き合っているのだとは思うが、あのときは知人と紹介された。
《雨村さん？》
考え込んでいたからか、羽澄の声を聞き逃してしまったようだ。裕斗が怪訝そうに呼びかけてくる。
「あ、ごめんなさい、もう一度言ってもらえますか？」
《あとで俺のスケジュールを送るから、雨村さんの希望の日を教えてほしいって言ったんだ》
「私は授業がない週末なら、いつでも大丈夫です」
《週末なら俺も空いてるからちょうどいいな》
「はい……」
《疲れているみたいだな。早く休んだ方がいいだろうから、今日はこの辺で》
裕斗の声から労《いたわ》りを感じて、麻衣子は自然と微笑んだ。

「気遣ってくれてありがとうございます。羽澄さんもゆっくり休んでくださいね」

《ああ、おやすみ》

穏やかな声を最後に、通話が途絶えた。

麻衣子はスマートフォンを手にしたまま、ごろんとベッドに寝転がった。

胸の奥がくすぐったい。

「羽澄さんと出かける約束をしちゃった……」

声にしたのと同時に、じわじわと喜びがこみ上げてくる。

途絶えかけていた彼との縁が再び繋がった。

麻衣子は幸せを感じながら目を閉じた。


翌週末。麻衣子は早朝に寮を出て特急電車に乗り込んだ。

裕斗がロンドン市内の下車駅まで迎えに来てくれることになっている。

服装は悩んで、オフホワイトのワンピースにトレンチコート。足元は歩きなれたショートブーツにした。大きめのナイロンバッグには、必要最低限の荷物をまとめてある。

バッグが大きめなのは、帰りの時間を気にせずに観光を楽しみたくてホテルを予約したから。今日一日は裕斗に案内をしてもらい、明日はひとりでぶらぶらしてから寮に帰るつもりだ。

特急電車の車窓の向こうに流れる景色を眺めながら、麻衣子は自然と微笑んだ。

（楽しみだな……）

裕斗と再会すると思うと心が弾む。

たった一度会っただけの人が、どうしてこんなに気になるのか、自分でも不思議なくらいだ。

あっさりと誘いを受けて出向くのも、いつもの麻衣子らしくない。

（亜里沙が紹介してくれた人だから安心感がある。それだけだよね）

そうやって納得したけれど、駅で裕斗の姿を目にした瞬間、胸の中に広がったのは安心感ではなくて、舞い上がるようなときめきだった。

どくんどくんと鼓動が高鳴る。

裕斗は麻衣子に気づくと笑顔で近づいてきた。今日の彼はライトグレーのジャケットに、ウールのブラックパンツ姿とシンプルカジュアルで、スーツ姿とはまた違った魅力がある。

「おはよう」

「おはようございます。お待たせしてしまってすみません」

「それほど待っていないから大丈夫。行こうか」

「はい」

裕斗には有名な観光スポットを案内してほしいとお願いしている。イギリスに来た初日はロンドンのホテルに宿泊したが、翌日にはカレッジの入寮が決まっていたため、ゆっくり見て回る暇がなかったし、先日の亜里沙のバースデーパーティーのときも、寄り道をせずに寮に帰ったから。

絶対に外せないと思った衛兵交代を多くの観光客と共に見てから、エリザベス女王の居城であるバッキンガム宮殿周辺を見て回る。

バッキンガム宮殿正面広場に建つヴィクトリア女王の彫像と、その上部の黄金の像も壮大だったし、周辺のイギリスとムガール帝国の造園スタイルが調和した庭園は素晴らしく、麻衣子の関心を強く引く。つい夢中になり、裕斗を放置してしまっていた。

「あ……ごめんなさい、ひとりではしゃいでしまって」

「俺のことは気にせず、ゆっくり見て回って」

「でも……」

「雨村さんが関心を持つだろうと思っていたし、今日はとことん付き合うつもりできたから大丈夫だ。向こうの記念碑も見てみようか」

「はい！」

裕斗とのロンドン観光は本当に楽しい。

彼はただ付き合ってくれるだけでなく、麻衣子が関心のあることに興味を持ち、話題を振ってくれる。

庭園を満喫したあとはロイヤル・ミューズなど有名どころの観光スポットを見て回ってから、セントジェームズパークで散歩をする。歩き疲れたところで、レストランに寄り食事をした。

その後、ウェストミンスター寺院で歴史を感じ、テムズ南岸を散策した。

裕斗はとても足が長いのに、疲れていないか声をかけてくれながら麻衣子のペースに合わせて歩いてくれる。

「そろそろ夕食にしようか」

「はい、そうですね」

夢中であちこち見て回っていたからか、お腹がペコペコだ。それにしても時間が経つのが早い。

「食べたいものはある？」

「いえ、できたら気楽に食事ができるようなところに行きたいです。あ、好き嫌いやアレルギーはありません」

「分かった。帰りの時間があるから……」

「あっ、時間は大丈夫です。せっかくだから一泊しようと思って、ホテルを取ってあるので」

「ホテルを？」

裕斗が驚いたように目を見開いた。

「はい。この週末は勉強をお休みしてめいっぱい楽しもうと決めたんです」

「それなら明日もロンドン観光を？」

「そのつもりです。今日一日羽澄さんにロンドンのことを教えてもらったので、明日はのんびり見て明るいうちに帰ろうかと」

「そうだったのか……明日も案内したいが、どうしても外せない仕事があるんだ。ごめんな」

裕斗が顔を曇らせて言う。

「そんな！　今日一日付き合ってもらって本当に楽しかったです。十分助けていただきました。感謝でいっぱいです」

責任感が強い彼は申し訳なさそうな顔をしているけれど、麻衣子としては恐縮してしまう。

（羽澄さんのおかげで、最高の一日が過ごせたのに）

麻衣子の真剣な訴えを黙って聞いていた裕斗が、ふっと表情を和らげた。

「それなら今夜はとっておきの店に案内しよう。雨村さんの希望通り気楽に楽しめるところなんだけど、お酒は大丈夫？」

「ありがとうございます！　あ、お酒はそれなりに飲めます」

「よし、それじゃあ行こう」

裕斗が案内してくれたのはガストロ・パブだった。

レトロな雰囲気の一軒家を入ると、エレガントな大きな部屋に、テーブルがゆったり並んでいる。

美食《ガストロ》の名の通り、通常のパブよりも料理に力を入れているとのことで、肉はもちろんシーフード料理もなかなかのものだそうだ。気楽にとの麻衣子の希望通り、店内の雰囲気は賑やかで楽しく感じるものだった。

「ビールがおすすめなんだが、苦手なら他のものにした方がいい」

「せっかくなので、一杯目はビールにします」

周囲を見回しても、ビールを頼んでいる人が多い。きっと料理に合うのだろう。

裕斗が頼んでくれたのは、マッシュポテトやローストチキンなど、馴染みがある料理が多かったが、中にはイギリスの伝統料理など麻衣子が初めて口にするものもあった。

「美味しい！　地ビールも美味しくて、料理によく合いますね」

「好みに合ったようでよかった」

裕斗がうれしそうに微笑む。

「ここにはよく来るんですか？」

「月に一度くらいかな。夕食はだいたい仕事中に済ませている」

「え、そんなに遅くまで残って仕事を？」

「レセプションや財界人や政治家のパーティーに招待される機会が多いんだ。赴任先での社交は外交官の役目だからね。スケジュールを調整して出席するようにしている」

「あ……そういった内容の仕事のことですね」

山積みの書類の中で、夕食を取る時間も取れないくらい必死に働いている裕斗の姿を想像していたが見当違いだったようだ。

「もしかして、ブラック企業のイメージをしてた？」

裕斗が麻衣子の頭の中を覗いたようにくすりと笑う。優しく細められた目に見つめられると、頬が熱くなった。

「そ、そんな感じです……あの、亜里沙のパーティーに参加していたのも、仕事が関係しているんですか？」

なんだか恥ずかしくなって話題を変える。

「半分プライベートって感じかな。以前、仕事で亜里沙さんのご家族と関わることがあって、個人的にも親しくなったんだ」

「そうなんですね」

（亜里沙のお父様が経営する会社の関係なのかな？）

裕斗は外交官として企業の海外進出にも関わっていると言っていたから、企業のトップとも付き合いがあるのだろう。

改めて考えると、麻衣子とはあまりにステージが違っている。

（羽澄さんが優しいからといって、浮かれすぎないようにしなくちゃ）

そう心の中で言い聞かせても、裕斗との会話が楽しくて舞い上がる気持ちを抑えるのは難しかった。

「……もう、こんな時間か」

裕斗が時計を見ながら呟いた。

楽しい時間はあっという間に終わってしまう。

(もう少し話をしたかったけど)

多忙な彼の時間をこれ以上割いてもらうわけにはいかない。

「雨村さん、近い内にまた会わないか?」

「えっ?」

「まだ見て回りたいところがあるって言ってただろ? よかったら案内するよ」

内心落胆していたところにかけられた誘いの言葉に、心が弾む。

「でも……羽澄さんは忙しいのに、私なんかに何度も付き合ってもらっていいんですか?」

ひとりでも観光することはできる。でも彼と一緒だったらきっともっと、幸せな気分になれるだろう。だから麻衣子はうれしいが裕斗の負担にならないだろうか。

「もちろん。俺にとっても、いい気分転換になるんだ。今日も楽しかったよ」

裕斗の優しい声に、ドキドキしてしまう。

(どうしてこんなによくしてくれるんだろう……もしかして、私のこと少しは気に入ってくれたのかな?)

そんな考えが浮かんだが、すぐに打ち消した。

それはあまりに、自分に都合がいい考えだ。

彼は元々面倒見がいい人だから麻衣子が特別というわけではないはずだ。

「もしかして迷惑だった？」

麻衣子がなかなか返事をしなかったからか、裕斗の表情が陰ってしまった。

「い、いえ、まさか。誘ってもらえてうれしいです。迷惑でなければお願いしてもいいですか？」

慌てて弁解すると、裕斗はほっとしたように目元を緩めて「ああ」と頷いた。

パブを出て、裕斗にホテルまで送ってもらった。

「今日は本当にありがとうございました。気をつけて帰ってくださいね」

「ああ、おやすみ」

頭を下げてお礼を言う麻衣子に、裕斗は優しく微笑んだ。

立ち去るすらりとした後ろ姿を眺めていると、彼がくるりと振り向き視線が重なる。

麻衣子が笑顔で手を振ると、同じように振り返してくれた。

とくんとくんと鼓動が高鳴る。

（羽澄さん……すごく親切で優しかったな……）

楽しかった時間の余韻に浸りながら、麻衣子はホテルの部屋に向かった。

ロンドン観光の日以降、裕斗から定期的に連絡が来るようになった。数日に一回はメッセージが届き、麻衣子がそれに返信するのが習慣になっている。

【今日は実習で、ブーケを作ったんです。思ったようにできなくて、悔しかった！　羽澄さんはどんなふうに過ごしましたか？】

【雨村さんは努力家だから、もう反省会をしたんじゃないか？　次はきっと上手くいくよ。俺は日本企業の工場の開設式典に出席して、ついさっき帰宅したところ】

【羽澄さんが、誘致に関わった企業ですよね！　開設式典は感動だったんじゃないですか？】

イギリス側との合意に至るまで苦労したと彼が言っていたのを思い出した。前向きで困難に強そうな彼が「大変だった」と言うくらいだから、相当ハードだったんだなと思う。でもやり切った達成感は大きなものだろう。

思った通り機嫌がよさそうなメッセージが返ってくる。

【実はガッツポーズをしたくなった。もちろん澄ましていたけどね】

【ふふ……羽澄さんのガッツポーズ、見てみたかったかも】

些細な内容でも彼からメッセージが届くと心が弾んだ。そのたびに欲張りになって声が聴きたくなる。けれど忙しく働いている彼に無理は言えない。しつこくて迷惑と思われるのが怖くて、電話で話したいとも、もっとメッセージのやり取りをしたいとも言えずにいる。

でもそんな距離感が、物足りなく感じるようになっていた。

麻衣子がイギリスにやってきて二カ月が経った。

海外生活にも英語での授業にも慣れてきて、充実した毎日を送っている。

裕斗とは変わらずにメッセージのやり取りをしている。先週の休日は約束のロンドン観光をした。宿泊はしなかったので半日だけだったけれど、とても楽しいひとときで、駅で別れた後は寂しくなって気分が沈んだ。

恋愛に疎い麻衣子でも、もう自覚している。

(裕斗さんのことが好き)

彼に対する好意は恋愛感情だ。電話がない日は寂しくて声が聴きたくなるし、なかなか会えない距離と立場をもどかしく感じる。

それでも麻衣子は彼に告白するつもりはなかった。

裕斗と知り合ってすぐに、外交官について調べてみた。

外交官にもいくつか働き方の種類があるが、裕斗は国家公務員総合職試験という難関試験を突破したキャリア官僚で、将来の幹部候補のようだ。

いずれは裕斗自身が日本を代表する大使としてどこかの国に赴任をする可能性もあると知り驚いた。

大使といえば、日本を代表する最高位の外交官だ。

やはり麻衣子とは住む世界が違うと感じた。彼のようなエリートのパートナーに相応しいのは、同じようにハイレベルな教育を受けた優秀な女性だろう。そうでなければ未来の大使の妻なんて務まらないと思う。

万が一、麻衣子が彼の恋人になれたとしてもその先はない。そう分かっているから、麻衣子は自分の気持ちを表に出すつもりはなかった。

(彼は自分の仕事に誇りを持っていて、日本を守るために頑張っている尊敬する人。そんな人と仲良くなれただけで十分じゃない)

麻衣子は切ない気持ちを胸に秘めて一定の距離を保つようにした。

そんな麻衣子の態度が裕斗にとって気楽だったのか、日が経つにつれ彼との距離が近づき、親しい友人と言える関係になっていった。

出会ってそろそろ半年になろうかという頃、ふたりでロンドンから電車で一時間と少しのリーズ城まで日帰り旅行をし、春の美しい景色をふたりで楽しんだのは麻衣子にとって大切な思い出だ。

四月になって初めての週末。彼が暮らすロンドン市内の家に招待をしてもらった。日本食を売っているスーパーで食材を買い、一緒に昼食を作ることにした。

メニューは鶏の照り焼きとお味噌汁と白米に野菜の煮物。久しぶりのちゃんとした日本食だからか、それとも裕斗と一緒に作った料理だからなのか、思わず笑顔になるくらい美味しくて、ふたりで「大成功だね」と盛り上がりながら食べた。

食後は裕斗がコーヒーを淹れてくれた。

ふたり掛けのソファに並んで座り、ゆったりした時間を過ごす。

「そういえば羽澄さんって、英語以外も話せるんですか？」

「フランス語、ドイツ語はビジネスの場でも問題ない。中国語は日常会話程度かな」

「すごい！　……どうやったらそんなにマスターできるんですか？」

「自然と身についていた。父の仕事の都合で海外で暮らしている期間が長かったんだ」

裕斗のネイティブ並みの発音と、体に染みついたようなマナーは、幼い頃から積み重ねてきたものなのだと納得する。

（そういえば、子供の頃の話はしたことがなかったな）

「お父様も外交官だったんですか？」

お互いのプライバシーに関するような、少し踏み込んだ質問は気が引けていたが、今は聞ける空気感だ。

「いや、商社で働いていたんだ。海外の支社を何か所か転勤で回っていて、最後にカナダ支社長を務めてから帰国した」

「支社長？　すごい……でも、子供の頃に引っ越しが多かったのは大変でしたよね。言葉の壁もあるだろうし」

「いや、むしろ子供のときだからこそ、早く馴染めたんだと思う。言葉の習得もそれほど苦労しなかったし、各国に友人ができた。当時知り合った友人は今様々な業界で活躍していて、助けられることも多いんだ」

「心強い仲間がたくさんいるんですね」

「そうだな。雨村さんにもいつか紹介するよ」

「楽しみです」

大切な友人を紹介してもらえるのは、彼との親しさの表れのように感じてうれしい。

「雨村さんはどんな子供時代を？」

「私は本当に普通の家庭で育ちました。父は地元の企業に勤めていて、母は週三日、給食センターでパートをしていました。ふたつ下の妹がいます」

裕斗の子供時代の話を聞いた後だからか、麻衣子の育った環境はとても平凡だと感じる。特筆すべき点がないという感じだ。

「留学前は実家で生活を？」

けれど裕斗は興味深そうに、麻衣子の話を聞いている。

「そうです。母と妹と三人で暮らしていました」

「お父さんは？」

裕斗が少し怪訝そうな顔をした。

「あ……父は私が高校二年生のときに亡くなりました」

「そうだったのか……嫌な質問だったら悪かった」

裕斗が気まずそうに視線を落とした。

「大丈夫ですよ。ただ私の家族の話なんてつまらなくないですか？　すごく普通だから」

「そんなことはない。関心があるよ」

「え……」

「雨村さんのことを、もっと知りたいから」

麻衣子の心臓がどくんと音を立てた。

裕斗の眼差しは、いつもの気さくさを感じるものではなく、真剣みを帯びた緊張をはらむものだったから。

(私のことを知りたいだなんて……)

そんなふうに言われたら、彼が麻衣子のことを好きなのではないかと勘違いしそうになる。

(そんなことがあるはずないのに)

「あの、私は本当に平凡だから、これといって話すようなことがなくて……」

揺れる心をなんとか落ち着かせようとする。

ところが、彼が続けた言葉で、麻衣子の思考は真っ白になった。

「雨村さんが好きだ。恋人になってくれないか?」

(うそ……裕斗さんが私を? そんなまさか……)

でも告げられた言葉は、勘違いしようがないストレートなものだ。

「どうして、私なんか……」

「初めて会ったときから、惹かれるものを感じていた。君は一見控えめだけれど、内面はとても強い人だ。自分に厳しく努力家なのに他人には優しい。前向きで思いやりがある君との時間を過ごしているうちに、何よりも大切な人になっていた」

「私はそんなできた人間じゃなくて……羽澄さんは誤解しています！」

なぜか裕斗は麻衣子を過大評価している。内面を評価してくれたのはうれしいけれど、彼が言うほど麻衣子はよい人間ではない。

裕斗が少し困ったように微笑んだ。

「いくら謙遜しても俺の気持ちは変わらない。初めて会った日から今日まで、俺は君のよいところを、自分の目でたくさん見ているから」

裕斗がまっすぐ麻衣子を見つめる。その強い眼差しに、麻衣子は恥ずかしさのあまり思わず目をそらしてしまった。

心臓がどくどくと脈打っている。

正直言ってとてもうれしい。彼に好意を寄せられて、飛び上がりたくなるくらい喜んでいる。

それでも理性が、感情のまま振る舞いそうになる心を制止する。

「でも……私は羽澄さんに相応しくないんです」

「どうしてそう思うんだ？」

「羽澄さんは外務省の職員で、大使館に勤務しているエリートだから。でも私は留学するために仕事を辞めてしまっているし家柄もよくないです。学歴も高卒だし……」

話しているうちに、どんどん暗い気分になっていく。

これまで自分なりに一生懸命日々を過ごしてきた。そのときどきで悩み選択して今の自分があり、後悔したことなど一度もなかった。

けれど今、裕斗と比べるとあまりに何もない自分自身に居たたまれなさを感じている。

エリート商社マンの父親がいる家庭で育ち外交官になった彼には、同じような環境で育った女性が似合うだろう。

亜里沙のパーティーには、明らかに上流階級の人々が集まっていた。麻衣子は自分は場違いだと感じたが裕斗は馴染んでいた。

ふたりの間には明確な違いがある。友人関係ならよくても恋人になるのは無理がある。これまで何度も考えたことだ。

けれど裕斗は「そんなことは関係ない」と、麻衣子の心配をひとことで蹴散らしてしまった。

「俺がパートナーに求めているのは、家柄や学歴といった表面的なことじゃない。尊敬できて、この先も一緒にいたいと心から思える相手。それが君なんだ。だから本当の気持ちを答えてほしい」

裕斗が真剣な目で麻衣子を見つめる。

「雨村さんは俺をどう思っている？」

ふたりの視線が重なり合う。その瞬間心が震えた気がした。

出会ってからの日々の思い出が蘇る。

彼の眼差しも声も、明るい笑顔もなにもかもにときめき目を奪われた。

けれど一番心惹かれるのは、彼の内面の優しさと強さだった。

彼は誰に対してもフラットで寛容で相手の社会的地位や身分にとらわれず平等に接する。取り繕っているのではなく、自然に心から他人を尊重できる人なのだ。

そんなふうに自分の考えをしっかり持っているのは、心が強く優しさがあるからだと、麻衣子は思う。

だからこそ彼は、麻衣子の内面を評価し好意を寄せてくれたのだろう。

(彼だって、私が外交官のパートナーには相応しくないと分かっているはずなのに)

プロポーズをされたわけではないのだから、麻衣子の考えは飛躍しすぎているのかもしれない。もっと軽く受け取った方がいいのかもしれない。

けれど麻衣子が知っている裕斗の人柄やこれまでの言動を鑑みると、ひとときの遊びで交際を申し込んでくるとは思えないのだ。

少なくとも将来のことを前向きに考えてくれているはず。それなのに……。

「本当に私なんかでいいんですか？」

いつか彼が後悔するかもしれないと分かっているのに、身を引くことができなかった。期待せずにはいられなかった。

（私でいいんだって、言ってくれたら……）

ずるい言い方をしていると分かっている。それでも彼の口から聞けたら自信が持てる。

「後悔するとしたら、雨村さんを振り向かせることができなかったときだ。君は素晴らしい女性で、俺は縋っても側にいてほしいと思っているんだ。だから二度と〝私なんか〟とは言わないでほしい」

裕斗の目は真剣だった。彼の真心と好意を痛感し、麻衣子の胸の奥に喜びが生まれ広がっていく。不安が明るい希望に塗り替えられて、麻衣子は心からの笑顔になった。

「ありがとう……すごくうれしい。羽澄さんの言葉で自信が生まれてきた気がします。

二度と自分を卑下するようなことは言いません」

それはきっと麻衣子を選んでくれた裕斗に対する侮辱でもあるだろうから。

「私頑張りたいです」

少しでも彼に相応しくなれるように。

「これからよろしくお願いします」

麻衣子なりの告白の答えを受け取った裕斗の表情が明るく輝く。

「ありがとう」

目が合うと幸せがこみ上げて微笑み合った。


気持ちを伝え合った日から、ふたりの仲は急速に進展した。

裕斗は麻衣子にストレートな愛の言葉をささやく。

恋愛経験がない麻衣子にとって、恥ずかしくてたまらないけれど、それ以上にうれしい。

初めてのキスは、付き合ってから一週間後。

日の入り時のテムズ川沿いを散歩していたときのことだった。裕斗の話が面白くて、麻衣子はくすくす笑っていた。

そんな麻衣子を裕斗は優しい目で見つめ、そっと肩を抱き寄せてキスをした。

触れるだけのさりげないキスだった。でも麻衣子にとってはファーストキスで、思い出すと恥ずかしくなるくらい動揺して裕斗に誤解をさせてしまった。

『ごめん、嫌だったか？』

『そ、そうじゃなくて、初めてだったから動揺しちゃって……この年になって恥ずかしいんだけど』

まさかキスの経験すらないとは思いもしなかっただろう。裕斗は驚いたようだったけれど、すぐに優しく目を細めた。

『麻衣子の初めての相手になれて光栄だ』

裕斗はそう言って、麻衣子を見つめる。

大きな手が頬に優しく触れ、端整な顔が吐息を感じるくらい近づく。

『愛してる』

どくんどくんと心臓がうるさく騒ぐ音を聞きながら、麻衣子はそっと目を閉じた。

裕斗の唇がそっと触れる。同時に体を抱き寄せられた。

緊張しすぎたのか、それ以降の記憶は曖昧だけれど、愛する人とのふれあいは想像以上に幸せなものだった。

麻衣子は平日は勉学に勤しみ、週末はロンドンの西エリアにある裕斗の家に向かう。

そして恋人の時間を過ごすのだ。昼はロンドンの街を歩き、夜は一緒に料理をしてお腹を満たして夜は心ゆくまで抱き合う。

初めて体を重ねたのは六月の休日。霧のような雨が降る夜だった。

彼は緊張に強張った麻衣子の体に優しく触れ、それまで誰にも許したことがなかった最奥を暴いた。

それからひと月の間に何度も肌を重ねたけれど、愛する人が与えてくれる感覚に、麻衣子が慣れることはなかった。

「……あっ……んんっ」

組み敷かれ、彼の手と唇が肌を這うと、たちまち体が熱を持つ。愛しさがこみ上げ、彼と心も体も繋がりたい気持ちになり、たまらず彼の名を呼んでしまう。

「裕斗さん……」

「どうした？」

裕斗は麻衣子の願いが分かっている。だからうれしそうに目を細めるのに、じらすかのように、首筋に顔をうずめる。

いや、実際本当にじらしているのだ。

いつもは紳士的で寛容な裕斗が、ベッドでは少し意地悪になる。どうして意地悪をするのか聞いたことがある。

すると彼は「麻衣子の可愛い反応が見たいから」と答えたのだ。

酷いと怒ろうとしたら、麻衣子のいろいろな表情が見たいんだと、愛しさが溢れる目をして続けられたから、すっかり怒る気が失せてしまった。

惚れた弱みというものだろうか。

でもいつまでもやられっぱなしではいられない。

「裕斗さんが大好き」

いつも恥ずかしがったり照れたり困るのは麻衣子。けれど今日は受け身な姿勢を変えてみた。すると裕斗は目を見開き、それから視線をそらしてしまった。

「麻衣子、それは反則だ」

「どうして？」

本心を言っただけなのに。

「照れるだろ？」

裕斗は言葉の通り、珍しく恥ずかしがっている。

形勢逆転したような気になって、麻衣子は笑顔になった。

でもそれは一瞬のこと。裕斗は不敵に笑うと、麻衣子の手をシーツに押さえつけた。

「えっ？」

「最高にうれしいことを言ってくれたんだ。今夜は眠れると思うなよ」

裕斗の瞳が獰猛さを帯びたような気がした。

「あのっ……んっ！」

いきなり激しく口づけされて、麻衣子は目を見開いた。

どうやら彼に火をつけてしまったみたいだ。

彼はもう知り尽くした麻衣子の体を巧みに溶かしていく。

「あっ！　……やあっ！」

すっかり潤っている中に裕斗のものが入ってくる。

その深い衝撃に麻衣子はのけぞり声をあげた。

水音を立てながらの律動が始まる。

麻衣子は目を閉じて、裕斗の首に腕を回して縋りついた。

「あっ、あっ！」

愛しい人のすべてを体中で感じる。

その夜、裕斗は宣言通り心ゆくまで麻衣子を抱いてから眠りについたのだった。


翌朝、目覚めたとき、麻衣子は裕斗の逞しい腕の中にいた。

彼は先に目覚めていたようで、麻衣子が目を開ける瞬間を見ていたらしい。

「おはよう」

甘い声が耳に届く。

寝顔を見られていたことが少し照れくさくて、麻衣子は裕斗の胸に顔をうずめた。

「おはよう」

裕斗が麻衣子の頭を優しく撫でる。

しばらくしてから麻衣子は顔を上げた。

「裕斗さん、ちゃんと眠ったの？」

「ああ。いい目覚めだった」

「疲れてないの？」

麻衣子は少し驚きながら問う。昨夜はかなり遅くまで抱き合っていたというのに。

体の中にはいまだに甘い倦怠感がくすぶっている。

「全然。むしろ好調だ」

「前から思っていたけど、裕斗さんって体力あるよね」

「一応鍛えているからな」

裕斗は定期的にジムに通いトレーニングをしている。スタイルがよく全身にほどよく筋肉がついているのである程度の運動をしているとは思っていたが、もっと本格的に鍛えているのかもしれない。

(今度見学してみようかな)

そんなことを考えている間に、裕斗の整った顔が目前に迫っていた。

キスをされるのだと察して瞳を閉じる。

爽やかな朝に似合うソフトで優しいキス。それでも彼の深い愛情が伝わってくる。

麻衣子はうっとりした気持ちで、裕斗の背中に腕を回す。

ときどき目を開き見つめ合う。お互いの顔には自然と笑みが浮かび、心が喜びで満たされる。

ああ、彼が好きだと思う。

自分がこれほど恋に夢中になるとは思ってもいなかった。

彼と出会う前はフラワーデザイナーになるための勉強が大事で、他のことに割く時間も余裕もないと思っていた。

ところが一番の優先が裕斗になっても、他がおろそかになるようなことはなかった。

何事にもやる気がわいて、勉強の効率もよくなったくらいだ。

(明るく前向きな気持ちになっているからなのかな)

恋をすると誰もがこんな気持ちになるのだろうか。

少なくとも麻衣子にとって、裕斗との関係はすべてにいい影響を及ぼしている。

でも、もしそうでなくても麻衣子はもう裕斗がいない日々なんて考えられなくなっていた。

それくらい彼の存在は麻衣子の中で大きく、かけがえのないものになっている。

「麻衣子」

彼はとても大切そうに名前を呼んでくれるから、くすぐったい気持ちになる。

麻衣子の心が裕斗にも伝わっているのだろうか。

幸せそうに微笑んだ彼は、柔らかく目を細めながらささやいた。

「愛してる」

麻衣子は隠しきれない笑顔で答える。

「私も裕斗さんを愛してる」

どちらからともなくキスをした。

この世にはふたりだけと錯覚してしまいそうなほど、今の麻衣子には裕斗しか見えないし、他のことは考えられない。それは裕斗も同じなのかもしれない。切なさを感じる声が麻衣子の耳をくすぐる。

「もう麻衣子がいない人生は考えられない。一生離すつもりはないからな」

「私も、裕斗さんと離れたくない」

抱き合うと驚くほどの一体感を覚える。麻衣子は幸せに浸ったのだった。


まだ体がだるい麻衣子を気遣い、裕斗が朝食を作ってくれた。

彼が手際よく用意したのは、こんがり焼いたトーストとスクランブルエッグとサラダ。

温かいスープまで添えられて朝から豪華だ。イギリスではトーストにマーマイトというペーストを塗って食べることが多いが、裕斗も麻衣子も口に合わず、普通のバターを塗る。

ソファに並んで座り、食事を始める。

麻衣子がパジャマ代わりに着ている大きなサイズのシャツは、裕斗のものだ。メイクをしていないので、少し幼く見えるかもしれない。

裕斗はルームウエアとしている、スエット姿。元がいいからか、こんなラフな姿なのにモデルのよう。

見慣れても色褪せないほどかっこよくて、エリート外交官で……本来なら関わりにすらなる機会がないような彼が自分の恋人だなんて、ときどき信じられなくなる。

それでも彼の愛情はほんものだと確信できる。そう信じられるように、裕斗が愛を伝えてくれた。

(さっきだって一生離すつもりはないって……あれ、もしかして私、プロポーズされたのかな?)

うれしさが勝って深く考えなかったけれど、そう受け止めていいのだろうか。

(でも結婚しようとはっきり言われたわけじゃないよね)

付き合い始めてまだ二カ月だ。結婚話は時期尚早だろう。

舞い上がりすぎず、冷静にならなくては。

それでもやはり気になってしまい、麻衣子は裕斗に視線を向けた。

綺麗な所作で朝食を食べていた彼は、麻衣子の視線に気づいたようでフォークをテーブルに置く。

「あの、さっき言っていたことなんだけど……一生離すつもりはないって」

自分で言うのはかなり気恥ずかしくて、ぼそぼそした小声になってしまう。

プロポーズと思っていいの？　そう聞くのは更にハードルが高くて続きが出てこない。

「どうかしたのか？」

裕斗は怪訝そうな顔をしていたけれど、すぐに麻衣子の言いたいことに気づいたようだった。

「俺の本心だよ。プロポーズはもっと思い出に残るようなロマンチックなところでしようと考えていたのに、気持ちが抑えられなくなった」

「裕斗さん……」

麻衣子にとって裕斗と過ごす時間のどれもが大切な思い出だ。

ロマンチックなシチュエーションよりも、本心からの言葉が何よりもうれしいのだ。

「ありがとう」

この幸せがずっと続きますように。そう願わずにはいられなかった。

八月下旬。留学期間が終了し、麻衣子は約一年学んだカレッジを卒業した。クラスメイトは更に専門的な勉強を続ける者もいれば、フラワーデザイナーとして仕事を始める者、麻衣子のように帰国する留学生もいる。

寮を退去する前日。麻衣子は亜里沙との最後の大学構内の散歩をしていた。緑の芝に覆われたなだらかな坂が続き、頭上には穏やかな空が広がるすっかり見慣れた牧歌的な風景が続いている。

「明日でお別れなんて、信じられないわね」

亜里沙が寂しそうに言う。彼女は麻衣子同様、資格を取得後は日本で開業することを目指していたが、更にプロフェッショナルな勉強をしたいとカレッジに残ることになった。

「うん、寂しくなるね」

麻衣子は心からそう言った。慣れないことばかりで戸惑っていた麻衣子に声をかけて、友人になってくれた彼女には深い感謝を感じている。大変だった勉強も支え合って乗り切った。裕斗との交際を伝えたときも、自分のことのように喜んでくれた。

「日本に着いたら連絡してね」

「もちろん」

「麻衣子がお店をオープンするときは、駆け付けるわ」

亜里沙が力強く言う。

「ありがとう。亜里沙のお店のときも必ず行くね」

きっと亜里沙の方が早く叶うだろう。

一年間の間に、麻衣子の夢は変化していた。自分の店を持つよりも、裕斗と共に生きていくことを願っている。

(まだどんな形になるかは分からないけれど、彼の側で花の仕事を続けられたら)

麻衣子は明日寮を出た後、ロンドン市内の裕斗の家に数日滞在してから帰国する。裕斗も近いうちに一時帰国予定があるから、そのときにお互いの家族に結婚相手として紹介することになっている。

母も妹もすごく驚くだろう。それでも祝福してくれるはずだ。裕斗の両親がどんな反応をするかは分からないけれど、彼が言うには気さくで理解がある人たちだそうだから会うのが楽しみだ。

翌日。亜里沙や他のクラスメイトと再会を約束してから別れて、ロンドン市内に向かった。

裕斗が迎えに来てくれて彼の家に向かう。

部屋には大きな花束と、麻衣子の好きなケーキが用意してあった。

「えっ……これ、私のために？」

驚き両手で口元を覆う麻衣子を、裕斗が背中から抱きしめる。

「卒業おめでとう」

優しい声に、胸がいっぱいになった。

「……ありがとう」

自分はなんて幸せなんだろう。好きな勉強ができて、気の置けない友人がいて、愛する人がいて……未来は希望に溢れている。

ところがその日の夜に、日本から思いがけない知らせが飛び込んできた。

「お母さんが入院？」

裕斗が心配そうに眉をひそめた。麻衣子も深刻な表情で相槌を打つ。

「うん。絵麻の……妹の話では買い物に行った帰りに転倒して病院に運ばれたって」

「怪我の程度は？」

「詳しくはまだ分からないけど入院するくらいだから酷いかもしれない。それにもともと体が弱いから心配で……明日の一番早い飛行機で帰国したいの」

本当はあと数日裕斗と過ごす予定でいた。彼も仕事を可能な限り調整してくれていてとても楽しみにしていたが、そうは言っていられない。

母が心配なのはもちろんだが、絵麻もかなり参った様子だった。

家族が事故に遭ったのだから動揺するのは当たり前だ。不安でいっぱいなはずだから早く帰ってあげなくては。

「約束していたのに、ごめんね」

裕斗は麻衣子のためにスケジュールを調整してくれていた。時間を作るのに無理をしただろう。けれど裕斗はそんな苦労は僅かも見せずに、麻衣子を労わるように優しい声音で言う。

「こんなときに俺に気を遣うな。だが心配だから、帰国して落ち着いてからでいいから連絡してほしい」

「ええ」

「お母さんの怪我が早く治ることを祈っているよ」

「ありがとう」

元々帰国予定で荷物をまとめていたから、準備に時間はかからなかった。

エアチケットを手配し、裕斗にヒースロー空港まで送ってもらった。

「裕斗さん、日本に着いたら連絡するね」

「ああ、待ってる。俺も再来月には帰国するから、そのとき会おう」

「うん……」

裕斗が別れを惜しむように麻衣子を抱き寄せた。

目の奥がじんと熱くなる。涙が零れそうになり、麻衣子はぎゅっと目を閉じた。

寂しくて心が痛い。

裕斗と出会い共にいたのは、これまでの人生のほんのひとときだ。

それなのに彼の存在はもうこんなに大きくなっていて、離れるのがとても辛い。

それでも麻衣子はその気持ちを心の奥に閉じ込めて、そっと離れた。

精一杯の努力をして笑顔を作る。

「そろそろ行くね」

「ああ」

裕斗は笑顔だけれど、麻衣子を見つめる瞳には寂しさが滲んでいる。

「ほんの少しの別れだ」

「うん……日本で待ってる」

麻衣子は再会を願い、手を振った。

まさかこれが最後の別れになるとは思いもせずに――。

不穏な気配

帰国して自宅マンションに到着したのは、午後二時過ぎだった。

（荷物を置いたらすぐに病院に行こう。それから……）

これからの段取りを考えながら玄関のドアを開ける。

「お帰りなさい」

「絵麻？」

仕事で不在のはずの妹に出迎えられ、少し驚いた。

学生の頃から希望していた食品研究会社で管理栄養士として働いている絵麻は、仕事に夢中で滅多に休みを取らないはずなのに。

「ただいま。今日は仕事お休みなの？」

麻衣子の問いに絵麻が頷く。

「お姉ちゃんが今日帰国するって言ってたから午後休を取ったの。着替えとかも持って一緒に病院に行こうと思って」

「それじゃあすぐに行こうか。移動しながらお母さんの様子を聞かせて？」

「うん。でもその前に話しておきたいことがあるの。事故の件で」

「……分かった」

早く病院に行きたいが、絵麻の様子から外では話し辛いことのようだ。

麻衣子はキャリーケースを玄関脇に置き、絵麻と共にリビングに向かった。

事故の件でごたごたしていたからだろう。室内が雑然としている。

絵麻が冷たい麦茶が入ったコップをダイニングテーブルに置いた。

「ありがとう」

意識していなかったけれど喉が渇いていたみたいだ。喉の奥を冷たい流れが通るのを感じる。

「それで事故の件って?」

ひと息ついてから声をかけると、絵麻は浮かない表情で口を開く。

「実はお母さんの事故の相手と揉めていて」

「え？　相手ってどういうこと?」

連絡を貰ったときには、そんな話はしていなかったのに。

「買い物帰りに自転車で車道を走っていたら、後ろから来た車に煽《あお》られたんだって。それで驚いて転んでしまったみたい」

「酷い……相手が完全に悪いじゃない。それなのにどうして揉めるの？」

「向こうは車道をのろのろ走って進路を妨害していたのが悪いって逆切れしているの。でもお母さんは交通ルールに従っていただけでしょう？」

絵麻の言う通りだ。交通ルールを守っていた母に過失はないと思う。

「運転手は倒れているお母さんを助けず捨て台詞を残して去っていってしまったんだって。その後に通りかかった人に救急車を呼んでもらって助かったんだけど」

麻衣子は驚き目を見開いた。悪質な運転で母を転ばせたのに放置したなんて、無責任すぎる。

「その後、警察に通報しようかってお母さんと話していたときに、向こうの親から連絡が来たの」

「親から？　煽ってきたのは若い人だったの？」

「お母さんが言うには私と同年代だって。でもその人の親が政治家だったの。衆議院議員の藤倉《ふじくら》さんって知ってる？」

麻衣子は少し考えてから、首を横に振った。

「分からない。そんな有名な人じゃないよね」

「うん。でも与党で強い権力を持つ政治家なんだって。メディア出演が少ないから、あまり知られてないけど」

絵麻の話によると、実際連絡してきたのは藤倉議員の代理人だそうだ。

「その議員が揉めるようなことを言ってきたの？」

政治家は一般市民とのトラブルなんて避けたがると思っていたけれど。

「今回の件は誰にも知られたくないから警察には届けずに示談にしろって」

「本当に？」

麻衣子は思わず絶句した。

いくら有名な政治家だからって、あまりに横暴ではないだろうか。

「そんな要求に従う必要はないでしょう？　それに交通事故は警察に届ける決まりじゃなかった？」

「そうなんだけど相手がかなり強気で……結局まだ事故の報告をしていなくて、お母さんがひとりで転んだことになってるの」

絵麻は苦悩が滲む表情でため息を吐いた。

この様子では相当きつい言葉をぶつけられたのだろう。

（どうすればいいんだろう）

相手は権力者だ。麻衣子たちのような一般人が太刀打ちするのは難しい。

「お母さんには話したの？」

「一応。お母さんは揉めたり大事《おおごと》にしたくないみたいだから、相手方とのことは私たちに任せて回復に専念してって言ってある」

「そう。その方がいいね」

弱っている母を煩わせるわけにはいかない。ただ、どう対応すればいいのだろう。

麻衣子にとっても初めての経験で絵麻と同じように途方に暮れる。

（でも私まで落ち込んでいる場合じゃない。まずはできることをしなくちゃ）

麻衣子は気を取り直して、絵麻を見つめる。

「知り合いに弁護士がいるから相談してみるよ。何かいい解決方法を教えてもらえるかもしれない」

「弁護士？ ……そうだね。専門家の意見を聞くのはいいかも」

「うん。今はお母さんのお見舞いに行こう。怪我をして滅入っているだろうし、早く顔を出したいし」

「そうだね」

絵麻がようやく笑顔になった。

「でもお姉ちゃんに弁護士の知り合いがいるとは知らなかった。留学先で出会ったの？」

「違うよ。以前の職場で知り合ったの」

といっても、プライベートな相談ができるほど親しいわけではないから、今回の件で協力してもらえるかは分からない。

けれど本当のことを言ったら、絵麻の不安は晴れないだろうから、詳しくは言わないでおく。

（お見舞いの後に、連絡をしてみよう）

難しい問題は一旦置いて、麻衣子は絵麻と共に家を出た。


母が事故後運び込まれたのは、自宅から五駅先にある総合病院だ。

ロビーは診察待ちの患者で込み合っている。

母の病室は三階のナースステーションの近くにあった。

四人部屋の窓側で、薄いカーテン越しに柔らかな日差しが差し込んでいる。

「お母さん！」

ベッドに上半身を起こしぼんやりと窓の方を眺めていた母は、麻衣子の声に気づくと振り向きうれしそうな笑顔になった。

「麻衣子！　いつ帰ってきたの？」

「今日の昼過ぎだけど、怪我をして入院したと聞いて驚いたよ。大丈夫なの？」

麻衣子と絵麻は、ベッド脇の椅子に腰を下ろした。

「私のせいで帰国したの？　ごめんなさいね……学校どうなった？」

母が申し訳なさそうに眉を下げた。

「ちゃんと卒業したから気にしないで。それよりも体の具合は？　痛みはない？」

母の右手には包帯がぐるぐると巻かれている。

「骨折して手術をしたんだけど、今はもう平気よ、そんなに痛くもないの」

母はなんともないように言うが、入院して即手術だなんてかなり酷い怪我だったはずだ。

（お母さんはただでさえ体が弱いのに）

「痛みがなくても治ったわけじゃないんだから、気をつけてね」

「分かってるわよ。麻衣子は相変わらず心配性ね」

「だってお母さん、すぐ無理をするから」

「本当に大丈夫よ。それより留学先の話を聞かせて」

母にせがまれて留学先での出来事を話す。

寮での暮らしやカレッジで学んだこと、新しくできた友人や、ロンドンの街並みなど、話題は尽きない。

裕斗のこともさらりと伝えると、母だけでなく絵麻までも驚きの声をあげた。

「お姉ちゃんもついに結婚だね。それまでにお母さんが元気になるといいけど」

「そうね。早くよくなるようにリハビリを頑張らなくちゃね」

久しぶりの家族との会話は穏やかで楽しく、不安を忘れられるひとときだった。


夕食を家の近くのファミリーレストランで済ませて帰宅した。

片付けと入浴を終えてから、麻衣子は裕斗に電話をかけた。

ロンドンは昼過ぎだから、休憩中なら出られるだろう。

《はい》

すぐに柔らかな声が応答した。ヒースロー空港で別れてそれほど時間が経っていないのに、麻衣子の胸中は懐かしさと喜びで満たされる。

「裕斗さん、仕事中にごめんなさい。今話せる？」

《大丈夫だ。連絡を待っていたよ》

麻衣子に関しては心配性の彼に、帰国したら連絡をするようにと念を押されていた。

ただ時差があるので、帰国してすぐにはできなかった。

「遅くなってごめんなさい。帰国してすぐに妹と一緒に母の病院に行っていたの。帰宅してようやく落ち着いたところ」

《そうか。お母さんは大丈夫なのか？》

裕斗の声が心配そうなものになった。彼は母と一度も顔を合わせていないというのに、親身になって気遣ってくれる。

「車相手の事故だったの。骨折をして手術をしたんだけど、経過は良好でリハビリを頑張るんだって張りきってた」

《それはよかった。事故でメンタルが不安定になるケースもあるようだから、前向きなのはいいことだ》

「そんなケースもあるんだ。でも母なら大丈夫なのかな」

父が亡くなったとき、一時はショックで不安定になったことはあるが、その後は女手ひとつで麻衣子と絵麻を育ててくれた。体はあまり丈夫ではないが精神面は強い人だと思う。

経済的には苦しいことが多かったけれど、悲観的にならず家族三人楽しく暮らしていた。それは母が辛い顔を決して子供に見せなかったからだろう。麻衣子はそんな母を尊敬している。

《相手方との交渉は問題ないか？》

裕斗の問いに、心臓が跳ねた。絵麻から聞いた話を思い出し憂鬱な気持ちになる。

「それは今話し合い中なんだ」

《そうか。もし揉めたり困ったことがあったら遠慮せずに頼ってくれ。すぐに駆け付けるのは難しいが、交渉事に強い知人が何人かいるから紹介できる》

裕斗は子供の頃は海外で育ったが、日本の大学を卒業して官僚になったから日本国内での人脈も広い。親族や大学時代の旧友に弁護士もいると、何かの話をしているときに聞いた覚えがある。

「ありがとう。揉めそうだったら頼るね」

できるなら頼らずに解決したいと思う。

彼の知り合いとの初対面は、トラブルの報告ではなく、幸せな報告のときにしたいから。でも、どうしようもなくなったら頼らせてもらおう。

そう結論すると不安で騒めいていた心が鎮まり穏やかになる。

《……やっぱり離れていると心配になるな》

裕斗がしみじみ零した。

「うん……私も裕斗さんが無理をして、また徹夜していないか心配」

彼は自分はショートスリーパーだからと、忙しいときに睡眠時間を削りがちだ。

《それなら早く帰国して、麻衣子を安心させないといけないな》

裕斗の声に優しさが滲んだ。

「うん……早く会いたい」

遠距離は心も離れると聞いたことがあるけれど、麻衣子に限っては当てはまらないようで、ますます裕斗への想いが増しているようだった。

その後少し話をしてから通話を終えた。本当はもっと話したかったけれど、裕斗の仕事の邪魔をしてはいけない。

彼の声が聞こえなくなると、途端に寂しさがこみ上げた。

やっぱり電話では物足りない。日本とイギリスと、遠く離れた距離を実感して切なくなる。

（裕斗さん……）

麻衣子は彼を想いながら目を閉じた。

自覚している以上に疲れていたようで、あっという間に眠気が襲ってきた。

医師の説明によると母の術後の経過は順調のようだ。絵麻は麻衣子が帰国したことにより気が楽になったのか、強張っていた表情が柔らかくなった。

藤倉議員の代理人とのやり取りや病院での手続きなど、たったひとりで対応したのだから相当な緊張感だっただろう。

麻衣子は帰国したらすぐに仕事に就くつもりでいたが、予定を変更することにした。

(落ち着くまではお母さんと絵麻のフォローに専念しよう)

正社員として働いた六年間は、とにかく節制して必要経費以外は貯金に回していた。留学で多くを使ったが、元々無駄遣いをしないタイプなので、当分生活するくらいなら余裕はある。

問題は藤倉議員との交渉だった。

知人の弁護士に連絡をして代理人になってもらえることになったが、翌日にやはり力になれないと断られてしまったのだ。

納得がいかなかったが、正式な契約をする前だったので、どうしようもない。

そんなとき、藤倉議員の代理人が事前連絡なしに麻衣子を訪ねてきた。

帰国してまだ三日しか経っていないのに名指しをされたのは、彼らがこちらの状況を把握している証拠だ。不安を覚えながらも、まずは話を聞いてみようと思い近くの喫茶店に移動した。

店内の奥まったテーブル席に着いた代理人は、四十代後半と思われる男性だった。長身ですらりとしたスタイルをしており、シルバーフレームの眼鏡の向こうの吊り上がりぎみの目に厳しさを感じる。彼は麻衣子に名刺を差し出した。

素早く確認した名刺には、法律事務所の所長と記されている。

「雨村麻衣子です」

挨拶が終わるとすぐに本題に入った。

「絵麻さんからお聞きかと思いますが、藤倉氏はこの件について、これ以上問題を大きくせずに、早々に解決したいと考えています」

「それはこちらも同じ気持ちですが……妹からは事故については口外しないよう強く求められたと聞いています」

「その通りです。この書類を読んで、サインをしてください。そうすれば、この件は終了します。同意していただけた場合、示談金を支払います」

代理人がビジネスバッグからファイルを取り出しテーブルの上で開き、麻衣子が見やすいように向きを逆にした。

麻衣子は戸惑いながら合意書と記された文面を確認する。

麻衣子たちは示談金を受け取った後は、事故について一切口を噤み責任の追及をしてはいけない。藤倉家との接触を禁止し、そのために転居する。そのような内容が書かれていた。

「あの……これはどういうことでしょうか？」

藤倉議員は有力な政治家だそうだから、プライベートでのトラブルは避けたがるのは分かる。だからといって、なぜ被害者側が引っ越しまで強制されなくてはならないのか。

動揺する麻衣子に、代理人が平然と告げる。

「選挙を控えた今、藤倉氏にとってスキャンダルは致命傷になりますから。今の時代、一度流れた情報は止められない。そのため徹底した対応を取る必要があるのです」

「だから私たちがこの辺りに住んでいたら困るということですか？　……それは勝手すぎませんか？」

「あなた方が反感を持つのは藤倉氏も理解しており、その分の補償はするつもりです」

「そういう問題じゃ……」

「ごねてもよい結果になりませんよ」

代理人が麻衣子の話を遮る。その低く冷たい声に、麻衣子の心臓がどくんと跳ねた。

（なんだか雰囲気が……）

不安を感じ、麻衣子は口を噤む。

「あなたのことは調べました。先日までイギリスに留学していたそうですね」

「……はい」

やはり調査されている。麻衣子は警戒しながら頷いた。

「浅霧汽船の令嬢と外務省の羽澄氏と付き合いがあるのだとか」

「そこまで調べたんですか？」

かなりプライベートな内容なのに、一体どうやって知ったのだろう。代理人は麻衣子の驚愕などどうでもいいように話を続ける。

「羽澄家と浅霧家は、藤倉氏とも関わりがあり、あなたの口から今回の件が漏れると支障があるのです。引っ越しはあなたと両家の接点をなくすためでもあります」

麻衣子は思わず目を瞠った。

「ふたりと縁を切れってことですか？　どうしてそこまで……支障とはどういうことでしょう？」

事故と裕斗たちとの付き合いは別問題のはずなのに。

「プライバシーに関わるため、詳しい理由は申し上げられません」

「それほど難しいこととは思いませんが。こう言うと失礼かもしれませんが、あなたと羽澄氏らとは住む世界が違う。帰国した今、付き合う相手ではないでしょう」

代理人が冷ややかに言う。見下されているのを察し、麻衣子は膝の上の手を握り俯いた。

「羽澄氏の祖父は与党の幹事長を務めた政界の重鎮です。何も問題がない状態でも、留学中のように付き合うのは難しかったと思いますよ」

代理人の言葉が胸を抉った。

(裕斗さんのおじいさまが政界の重鎮？　……そんなこと知らなかった)

彼は家族の地位をひけらかすような人ではないから、わざわざ言わなかったのだろう。

「納得できないなら裁判にしますか？　しかしあなたの依頼を受ける弁護士はいませんよ。既に断られているんじゃないですか？」

「え？　……まさか」

知人の弁護士に断られたのは、藤倉議員が手を回していたからだというのだろうか。

「無理やり友人と縁を切らせようとしたり、弁護士が雇えないようにしたり……政治家がそんな卑怯な真似をしていいんですか？　それこそ選挙前に大問題になりますよ！」

今回の経緯が公にされたら多くの人が理不尽だと思ってくれると思う。

けれど代理人は麻衣子の言い分は無視して淡々と続ける。

「ご家族を守りたいのなら、条件を呑むべきです」

「……どういう意味ですか？」

「言葉の通りです」

代理人はじっと麻衣子を見つめている。背筋が寒くなるような冷ややかな眼差し。

麻衣子は唇をかみしめた。

代理人は、麻衣子が従わなかったら絵麻と母に何かするかもしれないと、有力者の権力を使って脅しているのだと察したから。

(自分の立場を守るために、そこまでするの？)

藤倉議員にとって選挙は何よりも大切なことなのだろうが、麻衣子には到底理解できない。

しかし、自分が圧倒的に不利な立場なのは分かる。理不尽でも受け入れなければ、更に状況が悪化するのが目に見えていた。

麻衣子は深く落胆しながら口を開く。

「……家族と相談しないと返事はできません」

住まいが変わるのに麻衣子の一存で決めるわけにはいかない。話し合いの時間を持つくらいは譲歩してもらわなくては。

「相談は構いませんが、あなたが説得してくださいね。交渉決裂の場合は先ほど言った通りです」

念を押すような言葉は、脅迫でしかない。

(断ったら、私たち家族に何かする気なの？)

麻衣子は青ざめ俯いた。

「では二日待ちますので、結論をご連絡ください」

代理人はそう言うと、席を立った。彼が去る姿を息苦しさを感じながら見送った麻衣子は、しばらくすると項垂れ頭を抱えた。

(どうしよう……)

あの脅迫は間違いなく本気だ。なぜそこまで事故の件を隠そうとするのか分からないが、もし逆らったら攻撃してくる。彼らは麻衣子たち家族を無理やり排除するくらいきっと容易いのだ。こちらが被害者だからとかそんな正論は通じない。

とんでもないことに巻き込まれてしまった。

胸の中に渦巻く恐怖に麻衣子は体を震わせた。

浮かない気持ちで帰宅し、夜遅く帰ってきた絵麻に代理人との話を報告した。

麻衣子だけに関係する部分、裕斗と亜里沙と縁を切るという条件については伏せた。

転居しろという理不尽な要求に絵麻は憤慨するだろうと予想していたけれど意外にも彼女は受け入れる様子をみせた。

「私はその話を受けるしかないと思う。理不尽だけど藤倉議員と争っても勝ち目はないよ。お母さんも揉めたくないと言ってたし、怪我が治っても今までみたいに働けるかも分からない……示談金を貰って穏便に済ませた方がいいよ」

「そうかもしれないけど……」

「タイミング的にも、今ならお姉ちゃんとお母さんの通勤を考えなくて済むから引っ越ししやすいし」

「でも……絵麻はそれでいいの？　お母さんは怖い目に遭ってあんな大怪我をしたのに」

藤倉氏のやり方は卑怯だ。脅迫に屈して言いなりになるのは、麻衣子としては納得できない。

「よくはないけど仕方がないよ。相手が悪すぎるもの。逆らって何かされたら怖いし縁を切りたい。お母さんだってそう言うはず。それに……嫌がらせが原因で仕事をくびになったら困る。意地を張ったら失うものが大きすぎるよ」

絵麻はどこか気まずそうに言った。でも今言ったことが彼女の本音なのだろう。

気持ちは理解できる。希望の仕事に就き充実している今の生活を守りたいと思うのは当然だ。

「……分かった。代理人には示談に応じると私から連絡する。お母さんには明日ふたりで説明しよう」

「うん。お母さんは昔から心配性で平和主義だから、絶対に納得してくれると思う」

「そうだね」

麻衣子も母は条件を呑むと思った。でもそれは母が臆病だからではなく、絵麻と麻衣子が揉め事に巻き込まれるのを避けるためだ。

そうやってずっと、納得できないときも我慢して家族の平和を守ってくれていた。

今回の件も、母と絵麻が安心して暮らしていくには合意した方がいい。

家族の平和が一番だから。

ただ条件には裕斗と亜里沙との縁を切る件も含まれている。

(どうしよう……一時的に連絡を絶って、ほとぼりが冷めるのを待つ？ でも藤倉議員にばれてしまったら？ それよりも裕斗さんと亜里沙は理解してくれる？)

不安がこみ上げる。正しい道を判断する自信がない。誰かに相談できたら。

(でも絵麻とお母さんには相談できない……)

事情を打ち明けたら、ふたりはきっと麻衣子のために合意に反対する。

結果として絵麻は職を失い、母も不安な日々を送ることになるかもしれない。

麻衣子は裕斗と亜里沙のことを思い浮かべながらも言葉を飲み込んだ。


予想通り、母は示談を望んだ。

「大変な交渉を任せてしまってごめんなさいね。家族が一緒ならどこに住んでも大丈夫。この話は終わらせましょう」

母の提案で急ぎ新居を探して十月上旬には転居することになった。

ところが、その話し合いの二日後、母が脳梗塞を起こし意識不明の重体になってしまったのだ。

すぐに処置をしてもらえたので命は取り留めたが、麻痺などの後遺症が残る確率が高く、リハビリをしても通常の生活を送るのは難しいそうだ。

「お母さん……」

寝たきりになってしまった母の姿を見て、絵麻が涙を流している。

麻衣子はその様子を、ぼんやりした気持ちで見つめていた。

元々血圧が高いため動脈硬化のリスクはあったそうだが、なぜこうも不幸が重なるのだろうか。

(ついこの前まで、元気だったのに)

新しい家に引っ越しをしたら、一緒に家庭菜園をしようと約束をした。

その願いはきっと叶わない。今のところ退院できるかも分からないのだから。

愛情深かった母との思い出が蘇り、ずきんと胸が痛む。

目の奥が熱くなり、麻衣子は俯いた。


藤倉氏の代理人に状況が変わったと連絡すると、彼はすぐに様子を見に病院までやってきた。

母を見舞い回復を祈ると言っていたが、相変わらず合意を求めてくる様子から、早く関係を切りたがっているのは明らかだった。母が意識不明になったことを厄介だと思っているのだろう。

そんな人たちと関わりたくなくて、麻衣子も余計なことは言わずに示談に応じた。

「約束は必ず守ってください。浅霧家と羽澄家とは一切関わらないように」

「……分かっています」

代理人の言葉に不快感を覚えたが、これで藤倉議員との縁が切れる。母の事故以来感じていた圧力からは解放される。

（裕斗さんにも連絡しなくちゃ……）

母が意識不明になってから彼と話していない。彼からは何度も着信があったが、悩み迷う中、電話に出ることができなかったのだ。

きっと酷く心配をかけてしまっているだろう。

彼は麻衣子に関しては過保護だから。いつだって大切に想ってくれていて、麻衣子に幸せな気持ちにしてくれる。

不意に……プロポーズをしてもらった日のことを思い出した。これからも一緒に生きていこうと約束をした幸せの絶頂だった瞬間——。

（裕斗さんと別れたくない……）

示談した以上は、約束を守らなくてはならないけれど辛くて仕方がない。

でもそのときのことを考えると深い悲しさみがこみ上げて身動きできなくなる。なんとか別れないで済む方法がないかと必死になっている。まだ決断も覚悟もできないでいた。


藤倉議員との示談を終えた数日後。麻衣子は裕斗に電話をした。

今日、裕斗に別れを告げるつもりだ。

散々悩んで考えた。これからも彼の側にいたいと心から願うけれど、どう考えてもふたりで生きる未来はない。

有力な政治家に目をつけられ理不尽な脅迫をされている。そのうえ生涯寝たきりになるかもしれない母の面倒を見ていく麻衣子は、最大限都合よく考えたとしても、裕斗の負担にしかならない。

この先も外交官として華々しく活躍する裕斗のパートナーになるのは、なんの憂いもなく彼を支えられる女性であるべきだ。

真実を話したら、彼は麻衣子を助けようとしてくれるかもしれない。いや、きっとするだろう。でもその行動は彼のためにはならない。

麻衣子は元から彼に相応しくなかったのだ。それでも努力して彼に相応しくなりたかったけれど。

（私がいなくなった方が、裕斗さんにとっていい）

呼び出し音が鳴るたびに、息苦しさがこみ上げる。

《麻衣子》

呼び出し音が途切れ聞こえてきた優しい声を聴いた瞬間、涙が溢れそうになった。

声を聴いただけで愛しさがこみ上げる。

彼が好きで、好きで仕方がない。今すぐ会いに行って、離れたくないと訴えたい。

けれど、もう決めたのだ。

《何日も電話が通じなかったから心配していた。大丈夫なのか？　もし問題があるのなら……》

「裕斗さん」

気遣わしげな声を麻衣子は覚悟を決めて遮った。いつになくとがった麻衣子の声に、裕斗は何かを感じとったのか一瞬沈黙が訪れる。

麻衣子は気づかれないように深呼吸をした。

「別れてほしいの」

《え……》

まったく予想していなかった言葉だからだろう。彼は虚を突かれたような声を出す。

「帰国して冷静になったら、やっぱり私には外交官の奥さんは無理だと思ったの」

麻衣子は裕斗が何か言うより前にまくし立てるように言った。

《ま、待ってくれ……》

裕斗が初めて聞くような動揺した声で言う。

《プレッシャーをかけてしまったのなら悪かった。麻衣子に無理をさせるつもりはないんだ。俺はただ君が側に――》

「謝らないで！」

《麻衣子？》

思わず出てしまった大きな声が、裕斗を驚かせてしまったようだ。

けれど彼に謝ってほしくなんてなかったのだ。

（全部私の勝手なのに）

裕斗は何も悪くない。ただ彼に相応しくなれない麻衣子のせいなのだ。

「お互い自分に相応しい人を見つけた方がいいと思う」

《麻衣子、もしかして何かあったのか？》

「……何もないよ」

《何もないのなら、麻衣子がそんなことを言うわけがない。話してくれないか？困っていることがあるなら、必ず俺が力になるから》

裕斗の真摯な声を聴いた瞬間、ぐらりと心が揺れた。

（裕斗さんに何もかも打ち明けられたら……でも無理……言えるわけがない）

前途有望な外交官の彼の足かせになるわけにはいかないのだ。

何度も考えて決めたことだ。

「本当に何もないの。ただ日本に帰ってきて現実に戻っただけ。私は裕斗さんと結婚して海外で過ごすより、ここで普通に暮らしたい」

《結論を急がないでくれ。一時帰国のときに話し合おう。麻衣子の不安を払拭することがきっとできる》

（裕斗さん……）

まさか彼がここまで別れを拒むとは。すんなり受け入れられるとは思っていなかったけれど、去ろうとしている者に追いすがるような人ではないから。

そこまで大切に想ってくれていたのだと思うと、切なさがこみ上げる。同時に彼の幸せを願う気持ちが大きくなった。

「いいえ。もう私のことは忘れてほしい。裕斗さんなら私と別れてもいくらだって相手がいるでしょう？」

《……何を言ってるんだ？》

「私もね、再会した昔の友人が付き合おうと言ってくれているの。だから前向きに考えようと思って」

嘘でも心変わりをしたなんて言いたくなかった。でもこうでも言わない限り裕斗は納得しないだろう。

《……本気じゃないよな？　何か事情があって言ってるんだろう？》

裕斗の声に動揺が表れた。麻衣子は目を閉じ強い口調で続きを口にする。

「本気だよ。その人は母の事故の件で困っているときに支えてくれた。そのときに私はやっぱり肝心なときに側にいてくれない人とは付き合えない、裕斗さんよりも彼が必要だと思ったの」

彼との日々を否定する酷い言葉だ。自分で言っていて気分が悪く目眩《めまい》がする。

でもここまで言えば頼まなくても裕斗の方から別れを言ってくるはずで、別れ話がすんなりまとまるはずだ。

思った通り、裕斗は何も言わなくなった。ふたりの間には怖いほどの沈黙が訪れる。

《……そうか》

しばらくすると、今まで聞いたことがない冷ややかな声が返ってきた。

《麻衣子はもう俺を必要としていないということか……分かった》

その言葉を聞いた瞬間、麻衣子は激しく動揺し胸を突き刺されたような痛みに襲われた。

「……分かってくれてよかった」

動揺を悟られないように強がるが、それももう続けられそうにない。胸の痛みに耐えきれず視界が滲んでいく。

「短い間だったけれどありがとう。どうか元気で……それじゃあ」

早口でそう言うと、彼の返事を待たずに通話を切った。

麻衣子は酷い裏切りをしたのに、彼は批難してこなかった。

最後の言葉は、丁寧だけれど感情がこもらないまるで他人に対するようなものでで……それは彼の中で麻衣子の存在が他人以下になったからだと感じた。

「……うっ」

深い悲しみがこみ上げて、麻衣子はその場に膝をついた。

手からスマートフォンが落ちていったけれど、拾うことすらできない。

絶望が体中を巡り、すべての力を失ってしまった。

「裕斗さん……裕斗さん……」

彼が誰よりも好きだった。側にいると安心できて、笑顔を向けられると心が弾んで、抱き合うと幸せでいっぱいになった。

初恋だった。これからもっと大きく育っていく気持ちだと信じていた。

それなのに自ら手放してしまった。

覚悟をしていたはずなのに、涙が止まらない。

自分は間違ってしまったのだろうか。

心のまま行動すればよかった？　余計なことは考えずに助けを求めたらよかった？

何度も考えて自分で決断したことなのに、今胸の中を渦巻くのは後悔ばかり。

今更後悔しても、もう取り戻せないと分かっているのに、辛くて仕方がないのだ。

この痛みが消える日が訪れることはないような気さえする。

（私……立ち直れるのかな？）

分からない。でも彼を忘れて強く生きていくしかないのだ。

（でも今は……）

気が済むまで泣いて感傷に浸りたい。

そうしなければ、きっと立ち直れないだろう。

妊娠判明

寒さが増した十月中旬。麻衣子は朝早くから引っ越し作業に追われていた。

前日までに大方の準備は済んでいるが、直前まで使用していた生活用品の箱詰めや部屋の清掃などやることが山積みだ。

時刻は午前十一時三十分。引っ越し業者のトラックに荷物を積み込み、見送ったところだ。

「なんとか間に合ったね」

麻衣子と同様に必死に作業をしていた絵麻が、疲れを取るようにぐっと伸びをした。

「うん。私たちも急いで新居に行かないとね」

「今度は荷ほどきか～お腹すいちゃって力が出ないよ……」

「荷物の運び込みが終わったら、食べに行こうか」

「そうしよ」

絵麻はキッチンの出窓に置きっぱなしにしてあったスマートフォンを手に取った。適当な店を探しているのだろう。

その様子を見た麻衣子は、ほっとした気持ちで微笑んだ。

（少しは元気になったみたいでよかった）

藤倉家との揉め事と母の急変で、絵麻は精神的に参ってしまっていた。一時は食欲がなくなり、まともに食べられなかったくらいだ。

けれど元々タフな性格なこともあり、一週間もすると徐々に立ち直り、今では新しい生活を送るために前向きになっている。

完全に割り切ったわけではないだろうが、少なくとも笑うことはできているから、少しずつよくなっていけばいいと思っている。

麻衣子もなんとか気持ちを切り替え、必要なことをこなしている。裕斗に別れを告げた日は、この世の終わりかと思うくらい泣いたけれど、あれから十日が過ぎた今、絵麻の前では笑っていられるし、何かと忙しいため落ち込んでいる暇がない。

（忙しくてかえってよかった。深く考えたらきっと浮上できなくなるから……）

「お姉ちゃん、どうしたの？」

気づけば絵麻が心配そうに声をかけてきた。麻衣子が妹を気にかけているように、絵麻もまた麻衣子が心配なのかもしれない。

「なんでもない。狭い家だと思っていたけど、家具がなくなると意外と広かったんだと思って」

麻衣子は安心させるように微笑んだ。絵麻はほっとしたように表情を和らげる。

「そうだね。それに何もないと寂しく感じる」

「うん……」

絵麻が言った寂しいは、この部屋を離れることの寂しさも込められているのだろう。

父が亡くなってから母娘三人で暮らした場所だ。思い出だってたくさんある。

(まさかこんなふうに去ることになるとは思わなかったけれど)

つい感傷に浸りそうになった麻衣子は、気持ちを切り替えるように笑顔を作った。

「そろそろ行こうか」

「うん」

絵麻とふたりで家を出る。

(新しい暮らしを頑張ろう)

辛いことと悲しいことは心の奥にしまって、一からやり直すつもりで頑張るのだ。

新居は埼玉《さいたま》県南部。最寄り駅は、関東最大のショッピングモールに併設された駅だ。

再開発された駅周りは整然としており、人工湖の周囲には新築マンションや見栄えがいい一戸建ての住宅街が広がっている。

都内からのアクセスは少々不便だが、巨大なショッピングモール内には飲食店やブランドショップにヘアサロンも揃っているし、駅周辺には病院や学習塾、スポーツジムなどの施設が充実している。

麻衣子と絵麻が暮らす家は、駅から早歩きで二十分ほどの、駅前の新興住宅街とは対照的な古い戸建てが並ぶエリアにある。

三十坪弱の土地に建つ、築三十年の一戸建て。一階には十四畳のＬＤＫと六畳の和室と風呂トイレ。二階には八帖と六帖の洋間が二部屋。平成初期の頃に多かった間取りらしい。

ただ五年前に耐震補強と室内のリフォームを済ませているため、水回りなどは想像していたよりも新しい。

引っ越し前に家主が業者に依頼してハウスクリーニングを済ませてくれていたので、簡単な掃除だけですぐに住める状態になっていた。

庭は狭いがあるだけありがたい。今はむき出しでまったく手入れがされていない状態だが少しずつ整えたら見違えると思った。十分な環境だ。

ここは突然の引っ越し先探しに難航していたときに叔母が紹介してくれた物件で、

麻衣子と絵麻は一も二もなく飛びついた。

叔母は母の妹で麻衣子たちにとって唯一の身近な親族。父が亡くなったときには親子でお世話になった。

今回の件も親身になって相談に乗ってくれたので、本当に感謝している。

住み慣れない街でも叔母が近くに住んでいるから心強い。

母の病院まで、一時間弱で通えるのもいいところだ。

麻衣子も絵麻も、比較的すぐに新しい生活に馴染んでいった。


「お姉ちゃん、行ってくるね」

絵麻が出勤するのを見送った麻衣子は、ひと通り家事を済ませると温かいお茶を淹れてダイニングテーブルに腰を下ろした。

ほっとひと息ついてからノートパソコンを開く。

これから一時間くらい仕事探しをしてから、母のお見舞いに行く予定を立てている。

せっかくイギリスでフラワーデザインの勉強をしてきたのだから、それを活かせるような仕事に就きたい。

とはいえ、最優先は勤務時間など条件面だ。この先母がリハビリ段階に入ったら、手続きやフォローで休みを取る必要が出てくる可能性が高いから、融通が利いた方がいい。

(でもあまり贅沢を言ってる場合じゃないんだよね)

貯金もだいぶ減ってしまった。藤倉家から受け取った示談金をどうするかまだ決めていないけれど、生活費に使うつもりはないからなるべく早く仕事を決めたい。

(あ……近くのショッピングモールのフラワーショップがパートを募集しているんだ)

パートタイムで時給が低めだが、時間の融通は利きそうだ。母がある程度回復するまではシフト制の仕事にしようか。

そんなことを真剣に考えていたときのことだった。

「……あれ?」

くらりと目が回ったような感覚に襲われた。

(地震? ……違う、目眩?)

麻衣子は俯き右手で頭を押さえた。

しばらくすると目眩が治まってきたが、今度は胸の奥から吐き気がこみ上げてくる。

どうやら体調を崩してしまったようだ。

(帰国してから慌ただしかったから疲れが出たのかな?)

ここ数年、軽い風邪すら引かず健康だったから、多少無理をしても問題ないと思っていたのだけれど。

麻衣子は求人の検索を止めて、ノートパソコンを閉じた。

風邪だとしたら、今日は病院に行かないでゆっくりした方がいいかもしれない。

母が気になるが、万が一入院中の患者に風邪をうつしてしまったら大変だ。

(一日休めばきっとよくなるよね)

そう思ったのに、その日以降、麻衣子の体調は悪化の一途を辿ることになった。

「……陽性?」

自宅のトイレの中で妊娠検査薬を手にした麻衣子は呆然と呟いた。

体調不良が続き生理も遅れていたため、もしかしたらと思い妊娠検査薬を使用したのだけれど。

(裕斗さんとの子供ができていたなんて……)

動揺が大きいせいか体が上手く動かない。

ふらふらと覚束ない足取りでトイレを出て自室に入り扉を閉めると、その場にずるりと座り込んだ。

(どうしよう……どうしたらいいの？)

彼とあんなふうに別れてから、妊娠が分かるなんて思わなかった。

別れを告げたあの日を最後に、裕斗とは完全に縁が切れている。

翌日もその次の日も、彼から連絡が来ることはなかった。

その後麻衣子は携帯電話の番号を変更したので、彼から連絡を取る手段はない。

もう完全に終わっている。妊娠したからといって今更相談を持ち掛けるなんてできるわけがない。

それに麻衣子は裕斗の足かせになるのが嫌で身を引いたのだ。それは子供ができたからといって変わることではない。

(裕斗さんには頼れない……ひとりでなんとかしないと)

「まずは病院に行かなくちゃ。それから……妊娠したらどうすればいいんだろう？」

麻衣子は自分の手をじっと見つめた。抑えようとしているのに、カタカタと震えてしまっている。

自分がどう行動すればいいのか何も分からない。

親しい友人は独身が多い。探せば出産経験のある知人がいるかもしれないけれど……。

（でも私みたいにひとりで産む人なんて、きっといない）

シングルマザーが確定しているうえに、親に頼ることもできない。突然のことだから知識もない。

（こんな私に子供を産んで育てることなんてできるのかな）

不安で心が押しつぶされそうだ。これからどうなるのかとても怖い。

じわりと涙が浮かび頬を流れた。すると涙腺が決壊したように、次から次へ涙が溢れ、気づけば号泣していた。

忘れようとしていた裕斗との思い出が浮かんでは消える。

幸せだった日々が懐かしく切ない。

彼との繋がりは何もかも失ったというのに……。

ずっと我慢していた反動だろうか、なかなか涙が止まらない。

麻衣子はまだぺたんこの腹部に手を添えた。

ここに彼との子供がいるなんてまだ信じられない。

でもこれは現実なのだ。泣いていても何も解決しない。

裕斗と別れると決めたのは、麻衣子自身なのだから。

（しっかりしなくちゃ）

麻衣子は涙をごしごしと拭うと立ち上がった。

近くの産婦人科に行き検査をした結果、妊娠八週だと判明した。

麻衣子は病院で貰ったエコー写真を眺め微笑んだ。

命が芽生えたのだと実感すると、不安よりも頑張ろうという気持ちが勝ってきた。

「しかも双子なんだもの……どうしようって泣いてる暇なんてないよね」

そう呟き自分自身に言い聞かせる。

麻衣子の勝手で父親を知らずに育つ子供たち。

それでも寂しくならないように、できる限り苦労させないように、精一杯頑張って育てよう。幸せにしよう。

麻衣子は、エコー写真を眺めながら、そう決心したのだった。

突然の別れ 裕斗ｓｉｄｅ

雨村麻衣子は、裕斗が初めて結婚を願うほど本気で愛した女性だった。

だから別れてほしいと言われたとき、一瞬言葉の意味が分からず、現実を飲み込むことができなかった。

麻衣子には裕斗の想いを伝え、はっきりした言葉で結婚の意思を伝えている。彼女は受け入れてくれた。

うれしそうにしているように見えたのは、裕斗の思い込みではないはずだ。

それなのに、ほんの僅かな期間離れただけで気持ちが変わるなど到底信じられない。

麻衣子との別れは裕斗にとって衝撃的な出来事で、別れてからひと月が経つ今もまだ、割り切れないままでいる。

別れたときの記憶は残酷なほど鮮明だ。

『帰国して冷静になったら、やっぱり私には外交官の奥さんは無理だと思った』

麻衣子の声は、現実を受け入れられないでいる裕斗に対して残酷なほど冷ややかだった。

『ま、待ってくれ……』

動揺のあまり声が震えた。情けないが、それほどショックだったのだ。

必死に麻衣子を繋ぎ止めようと言葉を続けたが、裕斗の願いは叶わなかった。

麻衣子は裕斗と一緒になって外交官の妻として過ごすよりも、日本で暮らしたいと言う。

それなら、今の仕事を辞めてもいい。

衝動的にそんな言葉が口をついて飛び出しそうになるのを、寸前で堪えた。

裕斗が何もかもを捨てたとしても麻衣子の心は戻らない。むしろ呆れられるだろう。

そう感じるほどの強い決意を、彼女から感じた。

一体なぜ、彼女の気持ちが離れてしまったのだろうか。

単に飽きてしまったのだろうか。いや彼女はそんな情の薄い女性ではない。

優しく誠実な女性なのだ。自分には厳しく他者には優しい。不遇な環境でも前向きに努力する。家族を支えながら、自分の力でイギリスまでやってきた。尊敬に値する心根を持った人だ。

だから彼女に惹かれて好きになった。それなのに……。

『私も、再会した昔の友人が付き合おうと言ってくれているの。だから前向きに考えようと思って』

思いもかけない言葉が耳に届き、その衝撃は裕斗の胸を深く貫いた。

(昔の友人？ 付き合う？)

麻衣子は素晴らしい女性だから、言い寄る男がいても不思議はない。

ただ、彼女がそんな誘いに乗るとは思ってもいなかった。

彼女らしくない言動には、何か理由があるはずだ。

けれど麻衣子は決定的な言葉を口にした。

『本気だよ。その人は母の事故の件で困っているときに支えてくれた。そのときに私はやっぱり肝心なときに側にいてくれない人とは付き合えない、裕斗さんよりも彼が必要だと思ったの』

ふたりの間には絆があると思っていた。遠く離れていても大丈夫だと。決して驕り高ぶっているわけではなく、麻衣子の誠実さと、情の深さを心の底から信用していたのだった。

だからこそ裕斗は裏切りに深く傷ついた。すぐには何も言えないほどに。

失望と絶望が胸中に広がる。怒りの衝動がこみ上げて、今にも麻衣子にぶつけてしまいそうだ。

それでも裕斗はその衝動を必死にこらえた。

彼女との別れは避けられない。裕斗が何を言ってももう無駄なのだ。いや、裕斗自身がもう麻衣子と向き合えない――。

愛情が大きかった分、失望も激しい。

『……そうか』

様々な思いが渦巻く中、口にできたのはたったひとことだった。

『麻衣子はもう俺を必要としていないということか……分かった』

『……分かってくれてよかった』

無様な別れにしたくなくて苦しさと共に吐き出した言葉に、麻衣子はほっとしたような声を出した。それがまた裕斗を傷つける。

『短い間だったけれどありがとう。どうか元気で』

麻衣子は何かに急かされるように通話を切ってしまった。裕斗の別れの言葉を聞くことさえせずに。

彼女の心は完全に離れたのだと、とどめを刺されたような気がした。

その後どう過ごしたのかは記憶が曖昧だ。

数日は、まともに眠れなかったと思う。

仕事はこなしていたが、他には何もできなかった。

どんなに願っても復縁の可能性はない。そう分かっているのに麻衣子を諦めることができないでいる。

辛い日々が続いていた。


麻衣子と別れてから二年後、裕斗に帰国命令が下りた。

「羽澄、来週のマンチェスター市長との会談だけど……」

残務処理に追われていると、同僚の三等書記官が裕斗のもとに近づいてきた。

「ああ、引き継ぎの準備ができている。三十分くらい時間を作ってくれないか」

「帰国は来週だよな。慌ただしいのに急かして悪い」

「大丈夫だ」

抱えている案件が多いので、引き継ぎに時間がかかるが、忙しいのは裕斗が望んだことだ。

先週は日本から国会議員が数人訪れて誘致した日本企業の視察同行や、英日議連が開催したレセプションへの出席など休む間もなく動きまわっていた。

この二年間は、日々仕事に集中することで沈む気持ちをやり過ごした。

そうしなければ、だめになってしまいそうだったから。

（麻衣子……）

忘れなくてはならない相手。

彼女との幸せだった日々の記憶に蓋をして振り返らないようにしていたのに、帰国すると決まってから、彼女のことが頭を占めて裕斗を悩ませている。

日本に帰ったら、麻衣子に会う機会があるかもしれない。

あれからもう二年経つというのに、そんなことを考える未練がましい自分が情けなくて自嘲してばかりだ。


翌週に帰国を控えた裕斗のもとに、麻衣子と共通の知人である亜里沙から連絡が入り、ランチに会う約束をした。

「急に押しかけてごめんなさい。帰国の前に会いたくて」

「大丈夫だ。こちらから挨拶に行くべきだった」

麻衣子と別れて以降、亜里沙との連絡は途絶えていた。彼女の両親から招待された集まりでも亜里沙の姿を見かけることはなかった。

麻衣子から別れたと聞き気まずくて避けているのかと思っていたため、裕斗から連絡することもなかったが、今目の前にいる亜里沙を見ているとそれは誤解だったのだと感じる。

彼女は少し躊躇いながら口を開いた。

「最近、麻衣子と連絡取った？」

「……いや彼女とは二年前に別れたんだ。聞いてないのか？」

亜里沙は気まずそうにしながらも話を続ける。

「麻衣子が帰国した後に一度だけ連絡があって、そのときに裕斗さんと別れたって聞いた。詳しい事情を聞く時間がなくて、次の日にこちらからかけたんだけど……それ以来麻衣子と連絡が取れなくなってしまったの。メールアドレスも変わってしまったみたい」

「まさか……」

麻衣子は亜里沙を信頼し、大切な親友でこれからも付き合っていきたいと言っていた。

（俺と別れたからって、亜里沙さんとも関係を絶つなんてことがあるのか？）

戸惑う裕斗に、亜里沙が続ける。

「実家の住所を聞いていたから手紙を送ったんだけど音沙汰がないの。だから何かあったんじゃないかと心配してる」

「ああ……」

「あとから考えたら、最後の電話のときに、今までありがとうって別れの挨拶みたいなことを言っていたの。でもそんな一方的な言い方で連絡を絶つなんてあの子らしくないでしょう？」

裕斗は頷いた。たしかに彼女の言動とは思えない。

「だから裕斗さん。帰国したら麻衣子の様子を見てきてくれない？」

亜里沙の言葉に裕斗は眉をひそめた。

裕斗だって麻衣子が心配だが、彼女は裕斗との別れを望み、他の男と付き合うと言ったのだ。今更訪ねていっても迷惑がられるだけだろう。

（だが……もし彼女の身に何かあったのなら？）

一緒に過ごした時間は短かった。

けれど大切な人だった。彼女が側にいるだけで、自然と笑顔になれて、優しい気持ちになれた。

関係は終わってしまったけれど、彼女の幸せを願っている。

悩んだ時間は僅かだった。裕斗は決断し亜里沙を見つめる。

「分かった。様子を見に行き、君が心配していたと伝えよう」

「ありがとう。あの、こんなことを頼むのは無神経だと分かってるの。でも麻衣子との共通の友人は裕斗さんしかいないし、任期を終えて帰国するって聞いたらどうしても麻衣子の状況を知りたくて」

「気にしなくていい。確認したら連絡をする」

「ええ、お願いします」

裕斗は亜里沙と約束を交わし、五年近く暮らしたイギリスを発った。

日本に着いてすぐに、住所を頼りに東京西部にある麻衣子の実家に向かった。

最寄り駅から距離がありそうなので、地図アプリで確認しながら進む。

しばらくすると大きな川が見えてきた。

いつか麻衣子が日本に台風が接近しているというニュースを見ながら顔を曇らせたのを思い出す。

『家の近くの川は、台風が来ると氾濫するかもしれないの。母と妹が心配で……』

彼女はそわそわした様子で、しばらく台風情報をチェックしていた。

（この川のことだったんだな）

河川敷が整備されていて、犬の散歩やジョギングをしている人々が行きかっている。

今はとても平和な光景に見える。

周囲に視線を巡らせると、どこか懐かしさを感じる街並みが広がっていた。

麻衣子はここで育ったのだと思うと、感慨深い。

立ち止まるのは早々にやめて、裕斗は再び足を進める。

麻衣子の家はスムーズに見つかった。部屋番号を確認しながら部屋に向かう。

彼女は裕斗の顔を見て、どんな反応をするだろう。

やはり迷惑がるだろうか。なぜ来たのかと不愉快な顔をされるかもしれない。

その場合は、亜里沙のことを伝えてすぐに立ち去ろう。

頭の中でいくつかの可能性を考えながらインターホンを鳴らす。

部屋から出てきたのは、おっとりした雰囲気をした年配の女性だった。麻衣子の母親だろうか。

「はい、どちらさまですか？」

「羽澄と申します。麻衣子さんはご在宅でしょうか？」

少し緊張しながら答えると、女性は不思議そうに首をかしげた。

「いえ、うちにはいませんけど、部屋の番号をお間違えではないですか？」

「失礼ですが雨村さんのお宅では？」

裕斗の問いに、女性は「ああ」と納得したように頷いた。

「多分前に住んでいた人ですね。その名前でときどきダイレクトメールが来るんですよ」

「……雨村さんが転居したのはいつか知っていますか？」

「詳しくは知りませんけど、私が越してきたのは二年くらい前ですよ」

二年前ということは、麻衣子は裕斗と別れてすぐにこの家を出ていったということだ。

「お騒がせして申し訳ありませんでした。失礼します」

裕斗は親切に対応してくれた女性に礼をしてから、マンションを出た。

（まさか実家がなくなっているとはな）

麻衣子が結婚して実家を出ている可能性は考えていた。しかし家族すら住んでいないとは予想外だ。

裕斗は駅までの道をゆっくり歩き戻る。

亜里沙に電話をして麻衣子に会えなかったと伝えなくては。約束を守れないが、彼女との連絡手段は完全に途絶えてしまったのだから仕方がない。しかし。

（人が変わったように親友を無視して、家族全員が家を出た……本当に問題がないのか？）

それに裕斗に別れを告げたときの、突然の変貌。

考えすぎ気にしすぎかもしれない。けれど裕斗はしばらく迷ってからスマートフォンを手に取り発信した。

何回かの呼び出し音の後に、応答の声が聞こえてくる。

裕斗は挨拶もそこそこに切りだした。

「人を捜してほしい。名前は雨村麻衣子、年齢は……」

彼女が心配だから、亜里沙と約束しているから。いやそれともただ彼女に会いたいからだろうか。

今も色褪せない彼女の姿を思い浮かべながら、裕斗は再会のときを願った。

三年後

朝六時ちょうどにアラームが鳴ると、麻衣子はぱちりと目を開けてスマートフォンに手を伸ばし音を止めた。

布団からゆっくりと上半身を起こす。隣に敷いてある布団には小さな三つの山。二歳五か月になる三つ子がすやすやと寝息を立てているのだ。

ピンクに色づいたふくふくしたほっぺに、無防備な寝相。

無垢な姿が可愛くて、麻衣子は思わず微笑んだ。

静かに部屋を出て、顔を洗ってからキッチンに入り急いで朝食の支度をする。

七時に子供たちを起こすから、それまでにできるだけ家事を済ます必要がある。朝はいつもスピード勝負だ。

高速炊飯でご飯を炊き、わかめと大根の味噌汁を夜の分も合わせて多めに作る。散らかっている部屋をざっと片付けて、洗濯機のセットをしておく。あとは子供たちが起きる直前に、卵とウインナーを焼き、フルーツを添えれば完成。

現在六時四十五分。今日は家事がスムーズだったから、三つ子を起こすまではゆっくりできる。隙間時間は、今の麻衣子にとって貴重な休憩時間だ。

お茶が入ったカップを持って居間に行き、布製のソファに腰を下ろす。すると階段を下りてくるリズミカルな足音がして数秒後に居間の扉が開いた。

「お姉ちゃん、おはよう」

パジャマ姿の絵麻は、まだ眠そうな目をしている。

「おはよう。今日は遅いね」

「寝坊しちゃった」

絵麻は時計をちらりと見ると、あたふたと身支度を始めた。

麻衣子はお茶を飲み終えると、腰を上げて二階の寝室に向かう。

引き戸を滑らせて中の様子を窺う。子供たちは先ほどとはちょっと寝相を変えていた。

布団を避けて寝室を横切り、ベランダに続く窓のカーテンをシャッと開いた。十月になってもまだ暖かい日が多く、今日も綺麗な青空が広がっている。

「いい天気」

麻衣子は目を細めて呟くと、くるりと振り返り、室内が明るくなってもびくともせずに熟睡中の我が子に向かって声をかける。

「だい、ゆず、はる。朝だよ！」

小さな体がぴくりと反応した。

一番初めに起き上がったのは次男の柚樹《ゆずき》だ。

「おはよう、ゆず」

「おはよ、ママ」

柚樹は麻衣子に挨拶を返すと体を起こした。柚樹は三つ子の中で一番寝起きがよくて、毎朝すっきり目覚めてくれる。

「ママ……」

寝転がったまま麻衣子を呼ぶのは、三つ子の末っ子長女である小春《こはる》だ。ころりと横向きになり、麻衣子をじっと見つめている。子供たちの中で一番甘えん坊の彼女は、起きるときに抱っこをせがむ。

麻衣子は仕方ないなと苦笑いで小さな娘を抱き上げながら、長男の大樹《だいき》をちらりと見た。ここからが大変だ。大樹はもっとも寝起きが悪く、布団から出すまでに手がかかる。

「だいも起きて」

名前を呼んでもまったく反応を示さない。

「だい！　聞こえてるでしょ？」

「う〜ん……」

少し声を大きくすると、眠りを妨げるなとでも言うように、不機嫌そうな声を出す。

「早く起きないと園庭で遊べなくなっちゃうわよ」

子供たちが通う青空《あおぞら》保育園の園庭に、新しい遊具が設置されて今日から遊ぶことができるのだけれど、大樹がとくに楽しみにしていて、絶対に遊ぶのだと張り切っていた。

麻衣子の言葉でそのことを思い出したらしい大樹が、ぱっと起きた。どうやら眠気よりも遊びたい気持ちが勝ったらしい。

「やった！　はれてる！」

一度起きたら元気いっぱいで、明るい日差しが差す窓の向こうを見て、笑顔になる。

「はやくいこー！」

たった今まで起きたくなさそうだったのに、急に元気になって張りきりだす。そんな大樹に柚樹が冷静な意見を言う。

「おにわ、まだあいてないよ」

「ぼくがあける！」

「せんせいにおこられるよ。だい、このまえもおこられた」

「ゆずもおこられた！」

「だいのせい」

負けず嫌いの大樹がむきになり、話が別の方向に進み始める。

麻衣子はいつものふたりのやり取りにくすりと微笑んでから、割り込んだ。

「まずは顔を洗って、朝ごはんを食べてから準備をしないと、保育園に行けないわよ」

「そうだ！　おかおあらってくる！」

大樹が慌ただしく寝室を出て、階段を下りていく。

「危ないから階段はゆっくり！」

麻衣子は慌てて高い声を出した。大樹はかなり運動神経がいい子だけれど、まだ加減を知らないから突っ走って転んでばかりだ。

「もう仕方ないなあ……ゆず、下に行こう」

「うん」

麻衣子は小春を抱っこしながら、柚樹を連れて一階に下りる。

「ゆず、はる、おはよう」

身支度を済ませた絵麻が、キッチンから顔を出した。

「卵とウインナー焼いておいたよ」

ダイニングテーブルには、綺麗な厚焼き玉子と、子供が喜ぶ飾り切りをしたウインナーが彩りよく並んだ皿が置いてあった。

管理栄養士と調理師の資格持ちの絵麻は、麻衣子よりもずっと料理が上手く、盛り付けのセンスもある。

「わあ、かわいー」

とくに小春は絵麻が作ってくれる可愛い料理に心をくすぐられるようで、いつもうれしそうな笑顔になるのだ。

「絵麻ありがとう、助かるよ」

「いいって、それより早く食べちゃおう。ゆずは顔を洗ってきな」

「うん」

柚樹が洗面所に向かうのと同時に、大樹が駆け戻ってくる。テーブル上の朝食を見て、「おいしそー」と声をあげた。相変わらず元気いっぱいだ。

「はるも顔を拭こうね」

小春はまだ自分で顔を洗えないので、蒸しタオルを用意している。

「あ、タオル用意しておいたよ」

絵麻がちょうどいい温度のタオルを持ってきてくれた。

「どうもあ……」

「わああ！」

タオルを受け取ろうとしたとき、真後ろで大樹の悲鳴がした。どうやらまた何かしでかしたらしい。

麻衣子がはあとため息を吐き、絵麻が苦笑いになる。

「お姉ちゃん、だいの方を見てあげなよ。はるはこっちにおいで。顔を拭いてあげるから」

「うん、えまたん」

小春が麻衣子の腕から降りて絵麻のもとに向かう。

大樹の方はどうやら麦茶を零してしまったようで、ダイニングテーブルの下が水浸しになっていた。

「もう……だいは少し落ち着きなさい」

「う、ごめんなさい」

大樹が叱られた子犬のように弱々しくなる。反省しているようで、麻衣子と一緒になってせっせと床を拭いているが、水が零れた範囲を広げるだけで、あまり役には立っていない。それでも一生懸命な様子は伝わってくる。

「広げないで、こうやって水をタオルに吸わせるといいよ」

せっかくだからと、拭き取り方を教えてみる。

「こお？」

大樹は麻衣子の手を見ながら真似をしようとする。

「そうそう、上手だよ」

「へへっ」

褒められてうれしくなったのか、大樹はすっかり元気になった。

「だい、またこぼしたの？」

「はるも、きれーにしゅる」

「タオルでこーやってふくんだよ」

柚樹と小春がやってきて、三人で仲良くタオルを持って拭き始める。

仲良い様子が可愛くて、麻衣子は思わず微笑んだ。

アクシデントについイライラしてしまうときもあるけれど、子供たちとの暮らしは楽しくて幸せだ。

三年前——産婦人科で妊娠検査をして双子だと判明した数日後、実は三つ子だったと知ったときの衝撃は今でも覚えている。

前向きだった気持ちが一転、本当に自分に育てることができるのだろうか、あまりにも荷が重すぎるのではないかと、再び悩みのループに戻ってしまったのだ。

それでも授かった大切な命だ。

絵麻の多大な協力もあり妊娠期間をなんとか無事乗り切り、生まれてきた我が子を見たとき、麻衣子の心は愛しさと幸せでいっぱいになり涙腺が崩壊して大変だった。

妊娠三十四週、帝王切開で誕生した三つ子は、普通の子よりも少し小さかった。

それでも元気いっぱいに、生まれた喜びを訴えるように泣いていた。

大樹は、明るく元気いっぱいで、三つ子のリーダー的存在だ。正義感があって気も強く。納得がいかないと誰にでも意見する向こう見ずなところがあるから、麻衣子はいつもハラハラしている。

柚樹は大樹と正反対の性格をしている。幼いながら冷静で、向こう見ずな兄をいさめるような言動をするときがある。三人の中では一番流暢に話すし日頃の言動も淡々としているが、決して情がないわけではなくて、心は温かく優しい子だと麻衣子は思っている。

大樹と柚樹は一卵性双生児だから、外見がそっくりだ。

小さな卵型の顔に、少し目じりが上がった形のよい二重の目と、すっとした鼻に厚すぎず薄すぎないちょうどよい唇が非常にバランスよく収まっている。ひと目見て将来が期待できる美形で、眉目秀麗な父親の遺伝子をしっかり引き継いでいる。

小春は、年齢に相応しい成長をしている兄ふたりに比べると一回り体が小さくて、三つ子なのに双子の兄の妹と見られることが多い。

また彼女は体が弱く無理はさせられないため、つい過保護にしてしまっている。そのせいか臆病で人見知りなところがあり、物怖じしない兄ふたりの陰に隠れがちだ。父親の面影はなく、丸くて少し目じりが下がった目が印象的な可愛らしい顔をしている。

つやつやの黒髪ストレートの兄と違い、ふわふわした明るく柔らかな髪質だ。

それぞれはっきりした個性を持つ三つ子は、現在二歳五か月の保育園児。

大樹と柚樹は一歳から、小春は二歳から預け、その間麻衣子は、ショッピングモール内のフラワーショップで時短勤務をしている。

生花の管理に接客、フラワーアレンジメントと店内のディスプレイが主な仕事内容だ。

将来的には正社員として働きたいが、それは子供がもう少し成長して小春の健康面でも安心できるようになってから。

経済的に余裕はないけれど、行政の助成金や絵麻のフォローもあり今のところなんとかなっている。

近所に気軽に会話ができる知り合いが増えたし、パート先の同僚との付き合いも順調だ。

不安いっぱいでスタートした三つ子との生活。

赤ちゃんの頃は三人の世話が本当に大変で、日々が戦場にいるようだった。

どんなに悲しくても落ち込んでいても、子供たちは麻衣子の気持ちが落ち着くのを待ってくれないから必死に立ち直った。

今ではだいぶ落ち着き多少心の余裕ができた。

可愛い子供たちの笑顔と、周囲の優しさに支えられて、自分は恵まれているなと感じている。

それでも、大好きだった彼との日々を、今でもふとした拍子に思い出す。

希望を抱いて留学した異国で知り合い、心を重ねた大切な人。

あれからもう何年も経つのに、いまだに彼の笑顔が鮮やかに蘇る。

どんなに悲しい記憶も、時間と共に薄れていくと聞いたことがあるけれど、麻衣子に限っては当てはまらないようだ。

(だって今でもまだこんなに胸が痛くなるのだもの)

今彼はどうしているのだろう。まだロンドンで働いているのだろうか。それとも他の国に異動になった?

結婚はしたのだろうか。彼はとてももてたし、仕事柄出会いが多かった。きっと今頃幸せに暮らしている——。

もう知る術《すべ》はないのに、今もまた取り留めもなくそんなことばかり考えている。

そしてずきずきと胸が痛くなる。裕斗の幸せを願って別れたのだから、彼が幸福ならそれに越したことはないはずなのに。

(もう考えるのはやめなくちゃ……)

自分に言い聞かせていたそのとき、足元から声がした。

「ママ、おなかしゅいたの」

気づくと小春が小さな手で麻衣子のリブパンツを掴み、見上げている。

「あ……そうだね、早く食べよう」

麻衣子は小春をひょいと抱き上げて椅子に座らせる。絵麻と大樹と柚樹も席に着いた。

「いただきます！」

賑やかな朝食が始まる。

「おはな」

小春が絵麻の焼いたウインナーを見て、うれしそうににこりとする。

「みて！　こっちはタコだ！」

大樹のテンションも高い。

「はるは、おはながいーの」

小春は可愛い綺麗なものが好きだ。

「ぼくのおはなと、こうかんしてあげる」

柚樹が小春に、たこさんウインナーと花型ウインナーのトレードを申し出た。

「ゆずたん、ありがと」

「ぼくのも、はるにあげる」

花が咲いたように笑う小春を見て、大樹も柚樹に便乗した。

「だいたん、ありがと！」

女の子ひとりなうえに体が小さく病弱だからか、大樹と柚樹はなんとなく小春を庇護する対象として見ている節があって、とても優しく大切にしている。

大樹と柚樹はお互いを意識して競っているようなときがあるけれど、なんだかんだと気が合っている。

「はる、あとで可愛いリボンで結んであげるね」

絵麻の言葉に、小春が明るい笑顔になる。

「うん、うれちぃ」

「ぼくのは？」

大樹と柚樹が声を揃えて訴える。

「だいとゆずは髪の毛が短いでしょう？　ふたりには、かっこいいキーホルダーをつけてあげる」

「やった！」

大樹がはしゃぎ、柚樹もうれしそうに微笑んでいる。

絵麻と三つ子との関係も良好だ。家族が仲がよくて、よかったと思う。

(私は十分幸せだよね)

この生活を大切にしたい、麻衣子は心からそう思っている。

十月下旬の月曜日の午前十一時。麻衣子は小春を連れて、最寄り駅近くの『青海《おうみ》総合病院』を訪れた。

小春は生後一か月の健診で、心臓に小さな穴が見つかった。

病名は心室中隔欠損症。本来はお腹の中で塞がるはずの穴が開いたまま生まれてしまう子が稀にいて、小春もそのひとりなのだそうだ。

いくつか治療方法があるが、小春の場合は穴が小さい方なので、成長につれて自然と塞がる可能性があるとのこと。

今のところは経過観察中で、定期的に検査をするために通院している。

検査は半年に一度だが、小春は虚弱で頻繁に熱を出したりお腹を壊したりするから、月に一度は病院のお世話になっていて、母娘共に病院通いに慣れている。

受付を済ませ、小春の小さな手を引きながら小児循環器内科に向かう。

駅前の再開発に合わせて五年前に再建されたこの青海総合病院はまだ新しい。スタイリッシュな内装と充実した設備。病院内にカフェがあり、販売しているシュークリームなどのスイーツも絶品だと評判だ。麻衣子も何度か食べたが本当に美味しい。

「ママ、シューリーム！」

小春もお気に入りで、店の前を通るときに麻衣子の手をぎゅっと握って、おねだりしてきた。

期待に満ちた丸い目で見上げられると、あまり甘やかしてはいけないと思いつつも、無条件でお願い事を叶えてあげたくなるが、麻衣子は心を鬼にした。

「シュークリームは検査をしてからにしようね」

「はる、おなかぐーぐーなの」

小春が小さな手でお腹を押さえる。

「先生と約束しているでしょう？　待たせたらだめだよ」

「……あとでたべるの」

小春はおねだり上手だけれど聞き分けがいい子だ。だめな理由を話すと、だいたいは引き下がる。

赤ちゃんの頃から病院に通っているからか、検査や治療を嫌がる様子もない。

その後は問題なく小児循環器内科まで移動した。

「雨村さん、こんにちは」

受付で顔見知りの看護師に声をかけられたので、小春ともども笑顔で挨拶を返す。

「こんにちは」

「まあ、よく挨拶できました」

彼女は麻衣子より一回りくらい年長で、厳しいベテランの風格が漂っている。それでも小春には優しい笑顔を向けてくれる。

「小春ちゃん、先生が中で待ってるよ」

「はい」

小春はこくんと頷くと、麻衣子と手をつないだまま診察室に向かう。室内に入ると、親しみを感じる声に迎えられた。

「小春ちゃん、こんにちは」

声の主は、二年前から小春の主治医を務めてくれている夏目《なつめ》涼介《りょうすけ》だ。

少し癖があるライトブラウンの髪に、ブラウンの瞳。生まれつき色素が薄いのが分かる透明感のある白い肌に彫りが深い顔立ちなので外国の血が流れているように見えるが、純粋な日本人だと麻衣子は知っている。

白衣姿でも華やかな彼は、偶然だが麻衣子の高校時代の同級生だ。

男女別ではあるものの、同じバスケットボール部に所属していた。かなり仲良くしていたが卒業後は疎遠になっていた。

医師と患者の母親として再会したときは驚いたけれど、小春の病気で悩んでいた麻衣子にとって、心強く感じる出来事だった。

「なつめしぇんしぇい、こんにちは」

小春は麻衣子から手を離し、小さな体でぺこりとおじぎする。

小児科の医師である夏目は、子供の扱いに慣れている。元々の顔立ちが柔和で優しい雰囲気なのもあるからか、小春は珍しく初対面でも警戒しなかった。今ではすっかり彼に懐いている。

「今日も検査、頑張ろうな」

夏目は小春に笑顔を返すと、麻衣子にもちらりと視線を向ける。

「いつも通りの検査だから心配いらない」

「ええ、よろしくお願いします」

夏目は麻衣子を安心させるように微笑んだ。

再会して麻衣子が未婚で三つ子を産み育てていることを知った彼は、酷く驚愕していた。

きっと、なぜそんな事態になっているのかと思ったのだろう。けれど事情を根掘り葉掘り聞いてくるようなことはなかった。

麻衣子にとって触れられたくないデリケートな部分を察しているかのように、何も聞かないでいてくれたのだ。

夏目は学生の頃から他人の心情に妙に敏《さと》いところがあったから、表に出さない麻衣子の拒絶に気づいたのかもしれない。

かといって、何もせず放っておくということでもない。

医師と患者の母親としてだけではなく、旧友として何かにつけて気にかけてくれた。

麻衣子は夏目の親切心に甘えすぎてはいけないと思いながらも、小春が突然高熱を出したときや嘔吐したときなど、彼を頼ってしまうことがあった。

何度か連絡を取っているうちに、夏目がわりと近所に住んでいることを知った。

青海総合病院での勤務が決まったときに、病院近くのマンションに引っ越しをしてきたそうだ。

三つ子と買い物をしていたら偶然夏目に会い、子供たちと一緒に食事をしたことがある。

地域の人の憩いの場である公園に三つ子を連れていったら、ジョギング中の夏目がいて流れで一緒に過ごすことになった。夏目を鬼にしただるまさんが転んだがとても楽しかったようで、三つ子は大はしゃぎだった。

そんなふうに少しずつ交流していくうちに三つ子も夏目に懐き、絵麻も含めて家族ぐるみで親しくなっていった。

ときどき麻衣子宅での夕食に招き、六人で食事をすることもある。

「エコーも心電図も問題はなかったよ」

夏目の言葉に、麻衣子はほっとして胸を撫で下ろした。何度経験しても、検査のときは緊張するものだ。

日頃の様子から大丈夫だろうと分かっていても、もし悪化していたらと不安になってしまうのだ。

このまま自然と穴が塞がり、健康になってくれたら……母親としてはそう願わずにはいられない。

「あの……穴の大きさはどうだった?」

「二ミリだ。前回と変化はないが、成長と共に心臓自体が大きくなっているから、相対的には小さくなっている。次の検査は少し時間を空けてもよさそうだ」

「よかった……」

麻衣子は笑みを浮かべながら、検査で乱れた小春の柔らかな髪を直してやる。大人ふたりのやり取りを大人しく聞いていた小春は、麻衣子と目が合うと小さな口を開いた。

「ママ、シューリームたべよーね」

念を押すような小春の声に、麻衣子は笑顔で頷いた。

会計を済ませて次回の予約を取ってから、小春が待ち望んでいたシュークリームを買いに行く。

ショーケースには何種類かのデザートが並んでいて、小春が目を輝かせて覗き込もうとする。

「ここは触っちゃだめよ」

放っておくとショーケースをペタペタ触ってしまうので、釘を刺しておく。

「うん」

小春は素直に頷くと、きょろきょろと視線をさまよわせた。

「シューリーム、一こしかない」

「本当だ。売り切れちゃったのかな」

麻衣子の言葉に小春がしゅんとする。

「だいたんと、ゆずたんの、どーちよう」

どうやら兄ふたりの分が足りないと困っているようだ。麻衣子は胸の中が温かくなるのを感じながら、腰をかがめた。

小春と目線を合わせて、一緒にショーケースを見る。

「他にも美味しそうなのがあるね。だいとゆずには違うのを選んであげようか」

ふたりに好き嫌いはないし、小春が選んだものならきっと喜んで食べるはずだ。

「うん！　……だいたんはチョコ、ゆずたんはまーるいの！」

小春が張りきった様子で、チョコレートのカップケーキと、白いロールケーキを選ぶ。

「ママのはどーちよ？　ママ、あまいのきらい？」

三つ子の前でデザートを食べる機会が少ないからか、ケーキが苦手だと思われているようだ。

心配そうにこてんと首をかしげる娘が可愛らしい。

「そんなことないよ。ママも甘いの大好き」

「じゃあ、はる、えらぶ！　えまたんのも！」

小春が悩みながら選んだケーキを購入して出入口に向かう。

ところが途中で呼び止められた。

「麻衣子」

振り向くと夏目が近づいてくるところだった。

「夏目君、どうしたの？」

「休憩に行こうとしたら、ふたりが見えたから。小春ちゃん、シュークリーム買ってもらったんだね」

夏目が小春に優しく声をかける。

「うん。みんなの、かったの」

「そうか。小春ちゃんは優しいな」

褒められた小春はうれしそうにニコニコしている。夏目は小春の頭を優しく撫でてから再び麻衣子に目を向けた。

「小春ちゃんはあの店がお気に入りだな。よかったら今度お土産に買ってくよ」

「えっ？　そんな気を遣わないで。ただでさえお世話になってるのに」

恐縮する麻衣子に、夏目が笑う。

「おおげさ。小春ちゃんの笑顔が見たいだけだよ」

「夏目君が面倒見がいいことは知っているけど、あまり甘やかすと教育によくないから。虫歯も心配だし」

「麻衣子だって甘いもの大好きだっただろ？」

「それは昔の話でしょう？　最近は控えてるよ」

あれこれ話しながら受付カウンターの前を通りすぎる。その先はエントランスになっている。どうやら見送ってくれるらしい。

「ありがとう。貴重な休み時間にごめんね」

「いいって。麻衣子は気を遣いすぎるんだよ。なんでもひとりで解決しようとしないで、もう少し周りを頼った方がいい。誰も迷惑だなんて思わないから」

「うん……そうだね」

長女気質だからか、昔から人に頼るのは苦手だ。

恐縮してしまって居心地が悪くなる。自分でできることは自分でしたい。

けれど子育てをしている今は、子供たちにとってよい方を選ばなくては。変に意地を張るのはよくない。

そう頭では分かっているけれど、やはり夏目に頼りきるのはだめだと思う。どうしても線を引いてしまうのだ。

もし彼が同性の友人だったなら、今よりも躊躇いなく親切を受けられたのかもしれない。

母親になったからなのだろうか。信頼できる友人だとしても、異性とはある程度の距離を置かなくてはいけないような気がしている。

（でもあまり頑なにならないようにしなくちゃ）

麻衣子は夏目のアドバイスを受け入れる意思を表すように微笑んだ。

「いろいろありがとう」

夏目がほっとしたように表情を和らげる。

「ああ。気をつけて帰れよ」

「うん……」

頷いた直後、夏目の肩越しに見えた人影に、麻衣子ははっと息をのんだ。

「どうしたんだ？　急に真顔になったけど」

「……知っている人がいるかと思ったんだけど、人違いだったみたい」

怪訝そうな夏目に、麻衣子は内心の動揺を隠しながら答えたが、心臓が激しく脈打っていた。

（驚いた……裕斗さんかと思った……）

視界の隅を過《よぎ》った男性の姿が、裕斗のように見えたのだ。

長身ですっと背筋が伸びた均整の取れたスタイル。颯爽と歩く姿。三年前の彼と雰囲気がよく似ていた。

受付カウンターの前を足早に通り、すぐに麻衣子の視界から消えてしまったから、はっきり顔を見たわけではない。

（裕斗さんのわけないじゃない。彼は海外にいるんだし、もし帰国していたとしても、こんなところに用があるとは思えないもの）

裕斗の職場である外務省は霞が関にあるし、実家は成城《せいじょう》だと以前聞いた。埼玉の病院は彼の生活エリアとかけ離れている。

それでも、そわそわと気持ちが落ち着かなくなった。

今すぐこの場を離れた方がいい。そんな気がするのだ。

「はる、帰るから夏目先生に挨拶をして」

無意識に早口になってしまったが、小春は礼儀正しく夏目に挨拶をした。

「なつめしぇんしぇー、しゃよーなら」

「小春ちゃん、またね。気をつけて帰るんだよ」

「はい」

夏目に会釈をしてから小春の手を引き、駐車場に向かう。

病院から自宅までは車で十分程度と麻衣子ひとりなら歩く距離だが、小春を連れているときは車を利用している。

病院の広い中庭には、散歩中の入院患者や、休憩中と思われる病院スタッフの姿がある。麻衣子と小春はゆったりとした光景を横目に、少し離れた駐車場に足を進める。

「ママ、はやくシューリームたべたい」

小春はそろそろ待ちきれなくなったようで催促してきた。

「うん、急いで帰ろうね」

あと少しで中庭を抜ける、そのときだった。

「麻衣子！」

背後から聞こえてきた声に、麻衣子はびくりとしてその場で立ち止まった。

自分が呼ばれたのは分かる。けれど振り返ることができなかった。

心臓がどくんどくんと音を立てる。

（今の声……）

麻衣子にとって忘れることができない、記憶の通りの声。

先ほど見かけた男性の姿を思い出す。あれは見間違いではなかったのだろうか。

「待ってくれ」

今度はすぐ近くで呼びかけられる。知らないふりが通じるわけがなく、麻衣子は覚悟を決めて振り返った。

少しだけ距離を置いた位置に、思った通り彼がいた。

（裕斗さん……）

彼の姿を目にした瞬間、激しい動揺に襲われた。

遠目に見たときは昔と変わらないと思ったけれど、こうして間近で見ると三年の年月を感じずにはいられない。

相変わらずの美麗な顔貌に、以前はなかった影を感じる。けれどそれは悪い意味ではなくて、明るい華やかさの代わりに落ち着いた大人の男性の魅力が増したように感じた。

見るからに上質なネイビーのスーツがよく似合っている。

「麻衣子」

彼の姿に見入っていた麻衣子は、かけられた声にはっとした。

「……裕斗さん」

喉がカラカラに渇いているかのように、かすれた声が出た。

心が騒めいて頭の中が混乱している。

今でも彼が忘れられない。愛している。けれどこうして会いたくなかった。

辛い別れから立ち直って順調に生活をしていた。けれど彼の顔を見たら、何もかもが振り出しに戻ってしまったような気持ちになる。

それに、別れは彼を裏切る酷いものだった。

もしかしたら、責められるのかもしれない。

様々な考えが浮かんでは消えていく。けれど裕斗は僅かに微笑んだ。

（えっ？）

予想外の反応に、麻衣子は思わず目を見開いた。

「久しぶりだな」

裕斗の声は穏やかで、とても怒っているとは思えなかった。

「あ、あの……お久しぶりです」

緊張のあまり、声が上手く出てこない。

「ああ。ここで再会できるとは思っていなかったから驚いたよ」

「ほ、本当に……」

なぜ彼が地方の病院にいるのだろうか。スーツ姿だから仕事だとは思うけれど。

「麻衣子はここに通院しているのか？」

同じような疑問を持ったのか、彼が質問してきた。

「ええ。でも私ではなくて……」

そこまで答えてはっとした。

馬鹿正直に答える必要はなかったのに、なぜ誤魔化さずに本当のことを言ってしまったのだろうか。

通院していると言ったら、近くに住んでいるのだと知られてしまう。そして何よりも、小春との関係が知られてしまう。

口には出さないものの、裕斗は小春の存在に気づいているはずだ。

(もし私の子だと知られたら、自分の子じゃないかって疑うかも……)

麻衣子はさっと血の気が引くのを感じた。

(どうしよう……)

顔を合わせたこの状態で、誤魔化すことができるのだろうか。

裕斗は小春に目を遣《や》り、何かを考えるような表情をしている。

(何を考えているのだろう……)

聞いてしまいたくなるけれど、何を言っても墓穴を掘りそうな気がして声が出ない。

ふたりの間に気まずい沈黙が流れている。

そのとき、足元から小さな声が響いた。

「ママ、おうち、かえろ」

はっとして視線を下げると、小春が不安そうな表情で麻衣子を見上げていた。

「ママ……」

小春が、何かに縋るように麻衣子の足にぎゅっとしがみつく。

「あ……大丈夫よ。もう少しだけ待っててね」

麻衣子ははっとして、急ぎ小春を抱き上げた。

幼い子供は、母親の不安を敏感に感じ取る。小春はただでさえ人見知りなところがあるから、今強い不安を感じているのだろう。

(しっかりしなくちゃ、私は母親なんだから)

気を引き締めて裕斗を見つめる。小春を見つめていた彼は麻衣子に戸惑いが浮かぶ顔を向けた。

「この子は……ママと言っていたが君の子供なのか？」

「はい。私の娘です」

裕斗は僅かに目を見開いた。

「……結婚したのか」

「いえ、結婚はしていません」

「それは……」

裕斗は何か言いかけたけれど、口を閉ざして黙ってしまった。

気まずい沈黙が訪れる。

やはり彼は小春を見て自分の娘だと考えたのではないだろうか。そして父親がいないと知って確信を深めたのかもしれない。

もし彼に子供の父親は自分ではないのかと聞かれたら、どうすればいいのか。

これまでも考えなかったわけではない。けれどどうしても結論は出なかった。

こんなふうに突然再会するなんて予想もしていなかったのだから……。

しばらくすると、裕斗がぎこちなく口を開いた。

「可愛い女の子だな。何歳だ？」

「あ、あの……」

麻衣子は口ごもった。年齢を言ったら気づかれてしまう。ところが彼が予想外の言葉を口にした。

「一歳半くらいか？　弟の子供が今度二歳になるんだが、それよりも小さいから」

麻衣子は戸惑い瞬きをした。

（あ……小春が小さいから、誤解しているんだ）

小春は乳児の頃から同じ月齢の子供よりも一回り小さく、今でも成長が追いついていない。

大樹と柚樹の身長が九十センチを超えているのに対して、小春は八十センチに届いたばかりだ。そのせいで日頃から小さく見られてしまっている。裕斗も同様の勘違いをしたようだ。

ここにいたのが大樹だったらむきになって「二歳だよ！」と叫んでいるところだ。柚樹でも不満な顔をするだろう。けれど人見知りの小春は反論せずに麻衣子にぴたりとくっついている。

「あの、ごめんなさい。そろそろ帰らないといけなくて」

質問に答えずに、急ぎのふりをして話題をそらした。

気まずさがこみ上げたが、嘘はついていない。ただ訂正しなかっただけだと自分に言い訳をする。

(仕方がないじゃない。本当は二歳半だと答えたら彼は自分の子供かもしれないと疑うはずだもの)

卑怯だと分かっている。それでもまだ真実を打ち明ける勇気がない。

(突然すぎて、頭が上手く回らない)

こんな気持ちのまま会話をしても、失言をして後悔するだけだ。

「そうか……引き留めて悪かった」

そう言う裕斗の顔が残念そうに曇ったように見えて、麻衣子は戸惑い瞬きをした。

（いえ……勘違いよ。裕斗さんはただ懐かしくて声をかけただけ）

彼は麻衣子のように、過去のことを引きずっていないだけだ。

酷いことをした麻衣子に親し気に声をかけてきたのが、過去に拘っていない証拠だろう。

その事実にずきりと胸が痛む。

（裕斗さんと違って私はまだ過去になんてできないから）

塞がりかけた傷が広がりじわじわと血が溢れていき痛みが全身を巡るようだ。

彼に会いたくなかった。せっかく保っていた心の平穏が、脆《もろ》くも崩れ去ってしまうなんて。それなのに会えて喜んでいる自分がいる。

矛盾した感情から目をそらし、麻衣子は早口に言う。

「慌ただしくてごめんなさい。失礼します」

「麻衣子、近いうちに時間を作ってくれないか？」

立ち去ろうと踵《きびす》を返そうとしたが、裕斗が早口で言った。

「え？」

麻衣子の心臓がドクンと大きく跳ねる。

「電話で別れたきりになっていただろ？　一度しっかり話をしたいと思っていたんだ。場所や時間は麻衣子の都合に合わせる」

「え？　……あの……」

思いがけない彼の言葉に動揺する。まさか裕斗が話し合いを言い出すとは思ってもいなかったのだ。

(過去のことと割り切ったのではないの？)

彼は何を話そうとしているのだろうか。そう考えた瞬間はっとした。

どんな用件だろうと、藤倉議員との約束がある限り麻衣子は裕斗と関わるわけにはいかないのだ。

再会したのは不可抗力で仕方がないとしても、これ以上はだめだ。

「……ごめんなさい。私は話すことはありません。あのとき話したことがすべてです」

罪悪感に苛まれながらも、素っ気なく言う。

これだけはっきり拒否をしたら、裕斗も気分を害して引き下がるだろう。

ところが彼は少しも迷う様子を見せなかった。

「亜里沙さんから麻衣子の様子を見て来てほしいと頼まれたんだ。過去のことはともかく近況を聞かせてくれないか？」

「亜里沙が?」

「ああ。麻衣子と連絡が取れなくなったと心配している。俺はともかく彼女との関係も絶ったのはどうしてなんだ?」

裕斗が麻衣子に向ける眼差しは真剣だった。

(裕斗さんとまた会うなんて、話し合いなんて無理よ。もし藤倉議員に知られたら……)

しかし麻衣子は拒否できずに、ぐっと口ごもった。

おおらかで寛容な彼だけれど、こういった目をしたときの彼は絶対に引かないと知っているから。

裕斗は亜里沙とまで連絡を絶った麻衣子の行動を不審に感じている。このまま逃げ帰ったら自分で調べようとするかもしれない。

そんな動きが藤倉議員にばれたら、裕斗の立場が悪くなる可能性がある。亜里沙にも麻衣子が思っていた以上に心配をかけてしまっているようだ。

(一度、話した方がいいかもしれない)

「……分かりました。短い時間なら」

「十分だ。ありがとう」

裕斗の表情は優しく、先ほど感じた切迫したような何かは消えていた。

「俺の連絡先は変わっていないが、念のため名刺を渡しておく」

彼は名刺を取り出すと、素早くプライベートの番号を書き込んだ。

きっと麻衣子が裕斗のアドレスを消したと気づいているのだ。

気まずさを覚えながら名刺を受け取る。

「子供を預けないといけないから、予定が決まったら連絡します」

「ああ、待ってる」

裕斗は麻衣子をまっすぐ見つめてそう言ってから、小春に視線を移した。

何かを確認しようとしているような真剣な眼差しに、焦燥感がこみ上げる。

「では失礼します」

麻衣子は彼の視線から逃れるように踵を返し、小春をぎゅっと抱きしめながら駐車場に向けて歩き始めた。

心臓がどきどきして、早くこの場から去りたくて早歩きになる。

（裕斗さん……）

彼は今どんな顔をしているのだろう。

気になったけれど、彼がまだこちらを見ているような気がして振り向けなかった。

「やった！　チョコケーキだ！」

帰宅してお土産を広げると、大樹がはしゃいだ声をあげた。

「ぼくはロールケーキ？」

柚樹もうれしそうに目を輝かせている。クールな柚樹だけれど、実は三つ子で一番のケーキ好きなのだ。

「うん。はるがえらんだの。ママはこれ、えまたんはこっち」

小春が身を乗り出して、小さな手でモンブランとフルーツタルトを指さす。

「美味しそう。はる、ありがとうね」

絵麻が小春の頭を撫でると、小春はうれしそうに目を細めた。

「チョコ、さいこー！」

「あまい……」

「シューリーム、おいちい」

ミルクをお茶替わりに夢中で食べ始めた三つ子を、絵麻が優しい目で見つめている。

「えまたんの、おいちい？」

「うん、すごく美味しいわよ。はるも、ひと口食べてみる？」

「うん！」

「あ、ぼくも！」

「……ぼくもたべたいな」

小春に続き大樹と柚樹も声をあげる。絵麻のフルーツタルトは見た目も華やかでフルーツがつやつやと輝いているので、気になるのだろう。

「それじゃあ、ちょっとずつ分けようか」

和気あいあいとしたおやつタイムに、子供たちは幸せそうにはしゃいでいた。


しばらくして、子供たちがリビングの隣の和室で遊び始めると、絵麻が浮かない表情で麻衣子を見た。

「お姉ちゃん、病院で何かあったんでしょう？」

どうやら内心の動揺が表に出てしまっていたようだ。

「うん、実は……」

麻衣子は診察のあとに裕斗と再会したことを簡単に説明した。三つ子の出産の前に、絵麻には裕斗と別れたことを話していた。事情がありこの先会うことはないだろうとも。だから絵麻は相当驚いたようだ。

「え……裕斗さんがどうしてここに？」

「分からない。急なことで混乱して上手く話せなかった。小春が一緒だったのもあるし」

「あ、そうだよね。はるには聞かせられないもの。三つ子も最近は大人の言うことを意外と理解しているみたいだし」

「うん……幸いといったら変かもしれないけど、裕斗さんは、はるが実年齢よりも小さく見えたようで自分の娘だとは思いもしなかったみたいなの」

「そうなんだ……結婚については聞かれなかった？」

「聞かれて未婚だって言った。でもだいとゆずについては、話してない……聞かれなかったし、その方がいいと思ったから」

年齢相応の成長をしている大樹と柚樹を見たらきっと彼は疑いを持つだろう。だからふたりの存在は知られない方がいい。

「この先も三つ子のことを秘密にしておくの？」

絵麻が心配そうに顔を曇らせた。

「そのつもりだよ。だって、今更言えないでしょう？」

あなたは二歳児の、それも三つ子の父親だなんて言ったら、裕斗だってショックが大きいだろう。

麻衣子は母親になるまでに少しずつ覚悟を固めていく時間があったけれど、それでも不安が大きかったのだから。

「でも、話をしたいって言われたんでしょう？　もしかしたら復縁を迫られるんじゃないの？」

「まさか！」

麻衣子はつい声をあげてしまい、慌てて手の平で口を覆った。

あまり大きな声を出すと、三つ子が驚いてやってきてしまう。

「そんなことあるわけないよ。だって、あれからもう三年以上経っているんだよ」

裕斗と別れて三年の間、様々なことがあった。

政治家からの圧力を不安に感じながら引っ越しをして、妊娠が分かって三つ子だと知らされて。二年前には母が亡くなった。

悲しみに浸る間もなく三つ子を育てて……子供たちとの生活は幸せなことがたくさんあったけれど、辛くて苦しいことも山のようにあった。

華々しい暮らしをしているように見える彼にも大変なことはあっただろう。

でもお互い何も知らない。それが今のふたりの距離だ。

「……昔とは違うよ。時間も距離も空いていて、私たちには共有するものが何もないんだから」

「でも、あの子たちがいるじゃない」

絵麻が真剣な目をして麻衣子を見つめた。

「あの子たちにとってはたったひとりの父親なんだよ？　本当にお姉ちゃんの一存で黙ったままでいいの？」

絵麻の声は抑えたものだけれど、麻衣子の心に深く突き刺さるものだった。

麻衣子も彼女が言っていることが正論だと分かっているのだ。

「それに、お姉ちゃんだって、まだ裕斗さんが好きなんでしょう？」

「それは……」

絵麻の問いかけに答えられず麻衣子は口ごもった。

「お姉ちゃんの気持ちも分かるけど、次に会うときにちゃんと話し合った方がいいよ。子供たちのためにも」

「……うん、分かった」

「お姉ちゃんが躊躇う気持ちは分かるけど、でも……あれ、今分かったって言った？　本当に？」

麻衣子が素直に頷いたのが意外だったのか、絵麻がきょとんとした顔をする。

「どうしたの？」

「だって、頑固なお姉ちゃんが私の言うことを聞くなんて」

「頑固って……でもそうだよね。自分でも頑なだなと思うことがある」

よくないところだと分かっているけれど、長年培った性格だ。なかなか変えるのは難しい。

「責任感があって、しっかりしているのはお姉ちゃんのいいところだと思うよ。でもなんでも自分で決めないで相談してほしい。私じゃ頼りないかもしれないけど」

「そんなことないよ」

「ううん。私、ずっとお姉ちゃんに甘えていた。お父さんが亡くなって生活が不安だったときも、お母さんの事故のトラブルもすべて任せて私は守ってもらってばかりだった。でもこれから違うから。お姉ちゃんは自分のことを一番に考えて」

「ありがとう……いつの間にか、絵麻はしっかりしたんだね」

麻衣子が微笑むと、絵麻がしみじみ言う。

「そりゃそうだよ。私だってもう二十七歳になるんだもの」

「私は二十九か、来年三十歳……時間が流れるのは早いよね」

「赤ちゃんで寝てばかりだった三つ子が、今じゃ手に負えないほど元気だものね」

「子供の成長はもっと早いね……」

麻衣子はそう呟くと、重苦しい気持ちになった。

(私の勝手で裕斗さんは自分に子供がいることすら知らない。三つ子たちも父親と会ったことすらない)

それが最善の決断だと信じていたが、今更のように罪悪感がこみ上げる。

(裕斗さんに真実を伝えるべきなのかな)

けれど、彼にとっては知らない方がいい場合もある。例えば将来を考えている相手がいた場合、子供たちの存在は負担になるだろうから。

まだ何が正解なのか分からなくて、彼にどう向き合っていいのか答えが出ない。

ただ、久々に会った彼の姿が鮮やかに焼き付いていた。

再会まで　裕斗ｓｉｄｅ

裕斗は大学卒業後に外務省に入省し国内研修を終えた後、在外英語研修のために渡米した。研修後に二年間の本省勤務を経て、その後在英日本大使館に二等書記官として着任。

そして約五年の勤務を終えて昨年帰国し、現在は外務省欧州局政策課で欧州地域における外交政策の統括を担っている。

在外公館勤務と本省勤務では勝手が違い初めは戸惑ったが、一年経った今はすっかり馴染んでいる。

「羽澄、例の資料は準備できているか」

政策課課長の粕屋《かすや》がやってきて、早口で問いかけてきた。彼は裕斗の直属の上司で、一回り年上。運動不足で体が重いと本人が言っている通り、恰幅がよくときどき机の端に体をぶつけている。

「レクの件でしたら、いつ呼び出されても対応可能です」

粕屋が言っているのは外務大臣への説明資料で、いわゆる大臣レクと呼ばれるものだ。外務省の業務は幅広く、大臣がすべてを把握しているわけではない。だから詳細については、必要に応じて官僚が内容のレクチャーを行う。

今回は一週間後に欧州連合の大統領を日本に迎えるための知識蓄積が目的となる。首相と外務大臣が出席する会議では、エネルギーや食糧安全保障について議論する。裕斗は欧州と日本の現状、問題点を分析し結果を分かりやすくまとめた資料を作成した。粕屋と裕斗も会議に同席はするが、会議の場で日本を代表するのは大臣だから、しっかり説明して理解してもらわなくてはならない。

「分かった。いつ呼ばれるか分からないから、待機しておいてくれ」

粕屋が去ると、今度は部下に声をかけられた。課長補佐の裕斗に指示を仰ぐ者は多い。そのすべてに裕斗は的確に対応していった。


「羽澄、明日空いていないか？」

大臣レクが無事終了し、勤務後退庁しようとしていたところ、粕屋が声をかけてきた。

「明日は相場《あいば》の様子を見に行く予定ですが」

裕斗は嫌な予感を覚えながら答えた。粕屋が退勤ぎりぎりにわざわざ声をかけてくるのは、たいてい面倒ごとを持ち掛けてくるときだからだ。

「埼玉の病院だったか？　あいつは、どうしてそんな遠くに入院したんだ？」

粕屋が怪訝そうに首をかしげる。

「実家があるので何かと都合がいいんでしょう。埼玉といっても県境で、ここから一時間程度の距離ですから」

相場は裕斗の同僚で、同じく粕屋の部下である。

彼は先週の休日に交通事故に巻き込まれ、大腿骨を複雑骨折するという大怪我をした。手術とリハビリが必要とのことで、現在は実家近くの基幹病院である青海総合病院に入院している。

「しっかり様子を見てきてくれ。来月のスイスでの国際会議はあいつが担当している。早く復帰できるといいんだが」

「その辺も確認してきます。ではお先に失礼します」

「いや、ちょっと待ってくれ」

話が終わったのをいいことに去ろうとしたが、呼び止められてしまった。

「なんでしょうか？」

「例の見合いの件は、考えておいてくれたか？」

「……その話はお断りしたはずですが」

ずしりと気分が重くなった。

「考え直せと言っただろう？」

「結論は変わりませんので曖昧にせずに断っていただきたいです。難しいようでしたら、私が直接話しますが」

裕斗の返事が気に障ったのか、粕屋の眉間に深いしわが寄った。

「そんな簡単に結論を出すな。少しは忖度《そんたく》しろ。それがお前の将来のためになるんだ」

裕斗は思わずため息を吐きそうになった。

（こういうのはうんざりするな）

粕屋は世渡りが上手く、特別優秀ではないが失敗もしないタイプだ。それなりに順調に出世をしている。彼が言った通り各方面に忖度し長いものに巻かれながら、熾烈な競争社会を生き抜いてきたのだ。

裕斗は粕屋の必要以上に忖度するやり方に共感はしていないが、自分の信念を貫き終始ぶれない態度は筋が通っていると思っている。

ただその姿勢を他人に押し付けるのは止めてほしい。

ましてや裕斗の結婚についてまで口出しをするのは勘弁してほしいものだ。

粕屋が裕斗の結婚について口出しをするようになったきっかけは、裕斗が帰国してひと月経った頃に参加した、とあるパーティーだ。

パーティーには粕屋が懇意にしている参議院の重鎮、遠藤《えんどう》議員が参加していたのだが、彼の娘が裕斗のことを気に入ったらしく、密かに人物調査をされていたらしい。

おそらく仕事の成果やプライベートでの振る舞い、それから家柄なども確認され、問題がないと判断されたのだろう。

数日後、粕屋を通して見合いの打診が入った。

パーティーでは挨拶程度しかしておらず、遠藤議員の令嬢の顔もぼんやりとしか覚えていないくらいだったから、裕斗は酷く驚いた。

その場で断ったが、粕屋としてはせめて顔合わせの機会だけでも設けたいようだ。

あまり強引に話を進めて省内で問題になるのはまずいので、言い方は控えめだが、彼の焦りが見て取れる。

恩があると言っていたが、遠藤議員に何か弱みでも握られているのかと思うほどの執念深さだ。

とはいっても、裕斗の意向は変わらない。

「申し訳ありませんが、見合いは考えていませんので」

「そうはいっても、羽澄もいい年だろう？　せっかく緋香里《ひかり》さんが望んでくれているのに……いや、なんでもない」

まだまだしつこく言いつのりそうだった粕屋だが、裕斗の表情から本気の嫌悪を感じとったのか、しぶしぶといった様子で引き下がった。

「お先に失礼します」

また何か言われる前に、裕斗は早々にオフィスを出た。

午後八時。外は日が落ちて辺りはすっかり暗くなっている。

霞が関には多くの省庁があり、裕斗と同様に駅に向かう職員があちこちにいる。

駅までの道すがら、粕屋とのやり取りを思い出してしまい、裕斗は深いため息を吐いた。

（簡単には諦めてくれなそうだな……）

裕斗は結婚に否定的なわけではない。かつては幸せな未来を思い描いていた。しかし……。

（今はそんな気になれないな）

本気で大切にしたいと思った女性――麻衣子と別れてから月日が流れ、裕斗の感情はすっかり冷めきってしまったようだ。

どんなに素晴らしい女性が相手でも見合いすらする気になれない。

（麻衣子……）

心の中に彼女がまだいるからだと自分でも分かっている。

帰国後麻衣子の元実家を訪ねて以来、できる限りの伝手を使い彼女を捜したが、行方は分からないままだった。

なかなか居場所が掴めないのは、ふたりの関係の脆さによるものだ。裕斗は彼女の日本での暮らしぶりはほとんど知らなかったから、手がかりが何もない。

プロの調査員でも行方は分からなかった。不思議なほど麻衣子の痕跡は綺麗に消えていたのだ。

今は仕事と家を往復するだけの日々。孤独を感じるが誰かと付き合いたいとは思わない。

仕事が裕斗の支えになっている。

翌日は朝早く家を出て、相場が入院している青海総合病院を訪れた。

裕斗は初めて来る街だ。

粕屋は地方だと言っていたが、駅前には巨大なショッピングモールが建ち再開発が進むベッドタウンという印象を受けた。

病院は駅から徒歩十分ほどの場所にあった。かなり新しく、まるで公園のような中庭に清潔で広々とした院内。最新の設備が整っている。

「裕斗、来てくれたのか」

あらかじめ聞いていた病室に入ると、明るい声に迎えられた。

声がした方に目を遣るとベッドの上で上半身を起こした相場がひと目で上機嫌だと分かる笑顔を向けている。

入院患者とは思えないほど顔色がよい。電動ベッドの角度を調整して背もたれにしている様子はリラックスして見える。

ベッド脇の椅子には、若い女性が座っていた。相場よりも少し年下だろうか。彼女は人が好さそうな笑顔を作ると椅子から立ち上がり裕斗を出迎えた。

「どうぞ、こちらにいらしてください」

その態度で、彼女は相場の身内なのだと察する。

彼女の振る舞いを満足そうに眺めていた相場が、裕斗に向かって言う。

「婚約者の陽菜《ひな》だ。陽菜、彼は俺の同僚の羽澄裕斗だ」

相場の発言に、陽菜の表情が更に明るくなる。

「はじめまして。相場がいつもお世話になっております。羽澄さんのことは、よく聞いているんですよ」

陽菜の態度は堂々としていて自信に溢れていた。相場との付き合いの長さを感じる。

「はじめまして。突然訪ねて申し訳ありません」

「いえ、とんでもないです。来てくださりありがとうございます。東京からだと遠かったんじゃありませんか？」

「いえ、思ったよりも近く感じました。初めて来ましたがよいところですね」

「ふふ、ありがとうございます。昔は畑ばかりだったんですけど、急に開発が進んでずいぶん変わったんですよ。すごく便利になりました」

陽菜が楽しそうに言う。彼女は自分が暮らす街を気に入っているようだ。

「結婚したら、こっちに家を持とうと思っているんだ。通勤時間はかかるが、暮らしやすいのが一番だからな。実家の近くだと日本を離れている間も何かと都合がいいし」

相場が会話に入ってきた。

「そうだな」

長期の海外赴任が多い外交官としては、安心できる場所にホームがあるのはいいことだ。

しばらく会話をすると、陽菜が一度自宅に帰るとのことで病室を出ていった。

気を遣い相場とふたりにしてくれたのかもしれない。

「明るくしっかりしていて、よい人だな」

裕斗は陽菜が出ていったドアをなんとなく眺めながら言った。

人見知りせずに社交的なところは、外交官の妻に向いている。

「まあな」

相場はまんざらでもないように、目を細める。

「想像していたよりも元気そうだ」

先日電話で話したときは沈んだ様子だったから、相当体調が悪いのかと心配していたが、この様子なら大丈夫そうだ。

相場が苦笑いになる。

「あいつが支えてくれるからな」

「それは心強い」

「ああ。長い付き合いだから、言葉にしなくても分かってくれる。変に励ますよりも、傍で明るく笑ってくれているから助かってるよ」

彼女のことを語る相場は幸せそうに見えた。

「半年後の結婚式を延期にしないように早く治るといいんだけどな」

「手術は上手くいったんだろう？」

裕斗は掛け布団に隠れた相場の足にちらりと目を遣る。

「ああ、けどもう一度手術があるんだ。その後リハビリだからな。ああ、あのとき事故を回避できてたらこんな面倒なことにならずに済んだのに」

はあとため息を吐く相場の様子に、裕斗は眉を下げた。

「仕方がない。見晴らしが悪い場所でのもらい事故だったんだろう？」

場所によっては街灯がなく、危険なところもある。交通ルールを守り注意していても事故が起きてしまうこともあるだろう。

しかし相場は顔を曇らせた。

「でもな、相手が最悪だったよ」

「まさか無保険だったのか？」

「いや、そうじゃないが、明らかに危険運転だったんだ。スピードを出しすぎていたし、前方不注意だった。あの様子じゃ他でも事故を起こしてそうだ」

「危険運転の常習犯か。それなら事故履歴があるんじゃないか？　悪質なら刑事事件にした方がいいかもしれないな」

「そう思ったが、示談を申し出られて今は交渉中だ」

「示談？」

裕斗は思わず眉をひそめた。

相場は正義感が強いタイプで、今回のケースなら間違いなく突っぱねそうなものなのに。

「政治家の息子だったんだよ。現役の衆議院議員。大事にしたくないとかで、大金を積まれた」

「受け入れたのか？」

交通事故で示談になるのはよくある話だ。しかし、相場の話し方のせいもあるかもしれないが悪質な印象を受けて、金銭で解決するのは納得できない気持ちになる。

「受けたくないが、そうせざるを得ないんだ。外務省にも顔が利くほど力がある厄介な相手だ。意地を張って家族や陽菜を巻き込みたくないからな」

「まさか圧力をかけられたのか？」

示談に応じなければ、不利益を被《こうむ》るような内容を示唆されたとでもいうのだろうか。

「いや、脅迫はされていない。だが抵抗したら不利益を被るのは分かりきっているだろ？ 左遷で済めばいいくらいだ」

相場が諦めたように肩をすくめる。裕斗は思わず舌打ちをしたい気持ちになった。

言っていることは理解できる。

権力があり幅広い人脈を持つ代議士なんて敵にしたくない。結婚を控えた時期ならなおさらだ。

相場としては自分をまげてでも婚約者との未来を守りたいのだろう。

「大切なものがあると弱くなるよな」

相場が自嘲するように微笑む。それはもう示談で済ませると決めているからだろう。

彼が決めたことなら、裕斗が横からどうこう言うわけにはいかない。

それでも不快感が胸の奥に燻《くすぶ》っていた。

相場のように被害を受けながら泣き寝入りした者が他にもいるのかもしれない。もし自分が当事者になったらどうしていただろうか。

両親は裕斗が助けなくても十分に自衛できる。親族も同様だ。今、自分には守らなくてはならない存在はいない。

（だがもし、麻衣子が側にいたら……）

自分も相場と同じ行動を取っていたのだろうか。そんなことを考えながら病室を出た。

受付に寄ってから、出入口に向かう。

この後はいくつか予定を入れている。緊急ではないものの、休日にまとめて済ませておきたいものだ。

時刻を確認してから、再び前を向いたそのとき、裕斗はぴたりと動きを止めた。

思いもしなかった光景が視界に飛び込んできたからだ。

(……麻衣子?)

視線の先には、白衣姿の医師と若い女性がいて、何か話し込んでいたが、その女性は、裕斗が必死に捜し求めていた麻衣子にそっくりだった。

予想もしていなかった事態に、咄嗟に体が動かなかった。見間違いかもしれないとすら疑った。

もたもたしているうちに、麻衣子は病院のエントランスから出ていってしまう。

はっとしてすぐに後を追い声をかけた。

振り返った彼女は記憶のままの姿で、裕斗は胸が締め付けられるような感覚に襲われた。

「久しぶりだな……」

もう一度会えたら何と声をかけようか何度も考えたが、実際この場で出てきた言葉はなんとも情けないものだった。

麻衣子もかなり驚いているようで、動揺が表情に表れている。

変わりないと思った彼女だが、改めて見つめると変化が分かった。

朗らかだった表情は年を重ねたためか落ち着き、どこか憂いを感じる印象に。肩の上で軽やかにカールしていた髪は今は伸びて、ひとつにまとめられている。

捜し求めていた彼女が目の前にいる事実に胸が騒めく。周囲の音も聞こえなくなりそうなほど思考が彼女に占められたそのとき、幼い子供の高い声で現実に戻された。

麻衣子の足元に、とても小さな女の子がいた。

子供は裕斗を不安そうに見つめた後、麻衣子の足にぎゅっとしがみつく。

「ママ……」

頼りない子供の声だけれど、はっきり聞こえた。裕斗は思わず息をのんだ。

（まさか、麻衣子の子供なのか？）

麻衣子が幼子を慣れた様子で抱き上げる。

子供は安心したように、麻衣子の胸に顔を寄せる。

「この子は……ママと言っていたが君の子供なのか？」

裕斗がかすれた声で問いかけると、麻衣子は迷いなく頷いた。

「私の娘です」

裕斗は鈍器で殴られたような衝撃を感じた。

「……結婚したのか」

あれからもう三年以上経っている。彼女は別れるときに、他の男との交際を考えていると言っていたのだから、結婚していても不思議はない。

分かっていたが、突き付けられた現実に打ちのめされる。取り乱さないようになんとか平静を保っているのに、続いた麻衣子の発言は更に驚愕するものだった。

「いえ、結婚はしていません」

「それは……」

どういうことだ？　ひとりで子供を育てているのか？

今すぐ問い詰めたいが、ふたりの間に存在する壁がそれを許さず、気まずい沈黙が訪れる。

「可愛い女の子だな」

裕斗はなんとか口を開いた。核心に触れられなくても、彼女の事情が知りたい。

もし困っているのなら助けたい。

子供を産んでいた事実は衝撃的だが、それでも裕斗の中で育ち大きくなった彼女への愛情が揺らぐことはない。

しかし残念ながら麻衣子の反応は、あまりよくないものだった。

「あの、ごめんなさい。そろそろ帰らないといけなくて」

麻衣子はそわそわした様子で、立ち去ろうとする。

「近いうちに、時間を作ってくれないか？」

「え？」

麻衣子の顔がさっと曇った。迷惑だと感じたのだろう。

裕斗に彼女を引き留める権利はない。そう分かっているが、言わずにはいられなかった。

「電話で別れたきりになっていただろ？　一度しっかり話をしたいと思っていたんだ。場所や時間は麻衣子の都合に合わせる」

麻衣子は一度は拒否したが、亜里沙の名前を出すとしぶしぶといった様子ながらも頷いてくれた。

「……分かりました。短い時間なら」

裕斗はほっと息を吐いた。次の約束を取り付けられたのだ。

「十分だ。ありがとう」

「俺の連絡先は変わっていないが、念のため名刺を渡しておく」

受け取ってもらえるか心配だったが、彼女はほっそりした手を伸ばしてきた。

渡すときほんの一瞬指先が触れ合い、裕斗の心臓がどくんと跳ねる。

「子供を預けないといけないから、予定が決まったら連絡します」

麻衣子は目を伏せながら言った。

「ああ、待ってる」

気持ちを込めて言った。そのとき何かを感じて視線を落とすと、麻衣子に抱っこされた娘と目が合った。小さなどことなく麻衣子の面影がある幼子。彼女の娘だからか気になり見つめていると、麻衣子の焦ったような声が耳に届いた。

「では失礼します」

麻衣子はかなり急いでいるようで、子供をぎゅっと抱きしめて踵を返す。

急ぎ足で遠ざかっていく小さな背中を、裕斗は目をそらさずに見送った。

東京に戻った裕斗は急ぎ所用を済ませてから、大手町《おおてまち》のダイニングバーに向かった。

通りから一本奥に入り外から店内の様子がよく見えないため、一見飛び込み辛い雰囲気の店だが、裕斗は渡英する前からときどき通っている慣れた店だ。

待ち合わせ相手は既に着いていて、奥のテーブル席で飲み始めていた。

「裕斗、こっちだ」

手を上げて合図を送ってきたのは、学生時代からの気が置けない友人である宇佐美《うさみ》だ。彼は調査会社を経営しており、裕斗は麻衣子を捜すよう依頼していた。

「悪い、遅くなった」

「先に飲んでた。最近にしては珍しく顔色がいいな。何かいいことでもあったのか?」

宇佐美が裕斗の顔を観察するように眺めてくる。

「まさか、捜し人が見つかった、ってことはないよな?」

「そのまさかだ」

裕斗は驚愕する宇佐美を横目に、自分の分のアルコールをオーダーした。

「えっ? どうやって見つけたんだ?」

「偶然会った」

「まじか……すごい偶然だな」

宇佐美が目を丸くする。無理もない。裕斗だって心臓が止まるかと思うほど驚いたのだから。

「連絡手段が手に入ったから、調査は終了してくれ」

「あ、ああ……」

「長期の協力に感謝している」

裕斗は機嫌よくグラスを口に運んだ。

こんなに気分よく酒を飲むのは久しぶりだ。どれだけ飲んでも頭の芯が覚めていて、酔えなかったし、眠れなかったが、今日はよい夢が見られそうだ。

ところが宇佐美は浮かない表情だ。

「なあ……彼女は姿を消していた間、どうしていたんだ？」

「まだ聞けていないが、何か気になるのか？」

裕斗は眉をひそめた。

「まあな。彼女の住民票は閲覧制限がかけられていたんだ。家庭内暴力の被害者のような、転出先を隠したいときの対応でそれなりの理由がないと認められない。裕斗と別れたいなんて理由では確実に無理だ」

「それは……」

裕斗は言いかけた言葉を飲み込んだ。

麻衣子には子供がいる。しかし結婚はしていないという。そのあたりに裕斗が知らない事情があるはずだ。

トラブルに巻き込まれ、それが原因で転居し情報を隠したのかもしれない。

「彼女と付き合うにしても、背景をしっかり調べた方がいい。そうじゃないとお前の立場が悪くなるぞ」

「そうだな……」

たしかに宇佐美が言う通り、事情を知りたいと思う。

しかしたとえどんな過去があったとしても、彼女を否定するつもりはない。

そもそも彼女が事情を話してくれるとは限らない。

今の麻衣子にとって、裕斗は身近な存在ではない。もう何年も前に一時付き合っただけの相手なのだから。

会って話したところで、変化はないのかもしれない。

それでも裕斗は期待を捨て去ることができなかった。

(麻衣子はひとりだった……もしやり直すことができるなら)

裕斗は麻衣子の姿を思い浮かべながら、残りのアルコールを飲みほす。

再会の日が待ち遠しいと思った。

それぞれの愛

大輪のオレンジのダリアを中心に、少し小さな花をバランスよく入れる。秋らしいシックなグリーンで彩ってから、華やかにというオーダーに合わせて、ゴールドとベージュのラッピングペーパーで包み豪華に仕上げた。

「お待たせしました。こちらでいかがですか？」

麻衣子がお客様に出来上がった花束を差し出すと、ぱっと顔を輝かせて喜んでくれた。

「わあ、綺麗。すごくいい感じです」

お客様は喜んで会計を済ませて、出ていった。

「ありがとうございます」

麻衣子は深く礼をして見送り、使用した花材の片付けを始めた。

（よかった、気に入ってくれたみたいで）

小春が二歳になり保育園に入園したタイミングで働き始めたこのフラワーショップは、麻衣子が暮らす街の大型ショッピングモール内に店舗があるため、イベント時でなくてもそこそこ込み合っている。

花屋の仕事で喜びを感じるのは、やはり今のようにお客様の満足そうな笑顔を見たときだろう。

役に立てたのだと実感するし、一生懸命作った甲斐があったと思う。

「麻衣子さん、そろそろ時間ですよね、代わりますよ」

店の奥から、麻衣子と同じエプロンを着けた若い女性がやってきた。

彼女は麻衣子より年齢は四歳下だが、同じ時期に仕事を始めたので同期のような感覚で親しくしている。

他にも幅広い年齢のスタッフがシフト制で働いているけれど、気のいい人が多く、子供の関係で急遽休まなくてはならないときなど協力してくれ、とても助かっている。

「ありがとう。ここを片付けたら上がらせてもらうね」

麻衣子はてきぱきと手を動かして、五分後には「お先に失礼します」と声をかけて店を出た。

同じショッピングモール内にあるスーパーで買い物をしてから、保育園に三つ子を迎えに行き帰宅した。

時刻は午後五時三十分。仕事も買い物もお迎えも車で移動なので、時間が短縮できて助かっている。引っ越しをした当時は、東京に比べて不便が多いだろうと覚悟していたけれど、そんなことはなかった。

保育園を探すときも、兄妹が別の園にならずに済んだし、子育てをしやすい環境が整っていて今の麻衣子にとって暮らしやすい街だ。

自宅の駐車場に車を止める。愛車は三つ子を出産後に中古で買った、小回りが利くミニバンだ。チャイルドシートは二列目に小春のものを、三列目に大樹と柚樹のものを設置してある。三人とも幼い頃から車移動なので慣れていて、嫌がらずに座ってくれる。

スライドドアを開けて、まずは小春を降ろす。麻衣子が持ち上げやすいようにと抱っこをせがむように手を上げて待っている姿が可愛い。大樹と柚樹は麻衣子を待たずに自分で地面に飛び降りた。

大樹が道路の方に視線を向けると、何かに気づいたように目を丸くした。

「あっ！　えまちゃんとなつめせんせいだ！」

「え？」

大樹の声に顔を上げて彼の視線を追うと、駅方向の道から、ふたりが歩いてくるところだった。

買い物をしてきたのか、ふたりともぱんぱんに膨らんだエコバッグを持っている。

「なつめせんせいこんばんは。えまちゃんおかえりなさい」

近づいてきたふたりに、柚樹が礼儀正しく挨拶をする。

「こんばんは。柚樹君はますますしっかりしてきたな。大樹君と小春ちゃんもこんばんは」

夏目が感心したように言い、大樹と小春にも目を向けた。

「こんばんは！」

「なつめしぇんしぇー、こんばんは」

大樹と小春も挨拶をした。その様子を横目に麻衣子が絵麻に話しかける。

「夏目君と出かけていたの？」

「ううん。駅で買い物をしていたら偶然会ったんだ。今日お休みだっていうから夕食に誘ってみた。三つ子たちも夏目先生に会いたいかなと思って。はる以外は、なかなか会う機会がないじゃない？」

「まあ、そうだけど、貴重な休日に子供の相手なんて申し訳ないなあ」

「大丈夫。夏目先生も乗り気だったよ。今日は私が腕を振るうから」

エコバッグの中身は、夕飯の材料らしい。

「私も手伝うね」

　本当にいいのだろうかと悩むが、子供たちも楽しんでいるし水を差すのもよくない。

「麻衣子、絵麻ちゃん、大樹君と柚樹君と公園に行ってきてもいいか？」

「え？」

　聞こえてきた声に振り向くと、大樹が今すぐにでも公園に向かいたそうに、夏目を引っ張ろうとしている。柚樹も行きたい様子で、麻衣子の反応を窺っていた。

「夏目君ひとりで大丈夫？」

「ああ。ふたりはまだ遊び足りないみたいだな、体を動かしたいって」

　大樹たちは期待に満ちた目をしている。以前は帰宅すると疲れて眠ってしまうことが多かったのに、最近は保育園での活動では物足りなくてエネルギーが余っている。

「ごめんね、お願いできるかな？」

「ああ、任せて。小春ちゃんは家にいた方がいいな」

「そうだね。はるには、お料理を手伝ってもらおうかな」

　夏目の言葉をフォローするように絵麻が言った。

　絵麻は麻衣子と夏目とは高校が違うので接点がなかったが、麻衣子を介して知り合い意気投合したようで、かなり気安い関係に見える。絵麻は麻衣子よりも夏目に対して遠慮がない気がする。

「うん、おりょーりしゅるの！」

兄ふたりが出かけるのを寂しそうに眺めていた小春だが、絵麻の提案でぱっと顔を輝かせた。

「一時間以内に戻るから」

「行ってらっしゃい」

絵麻と小春と一緒に見送ってから、家に入り着替えをして、すぐに料理の準備をする。

「今夜のメニューは、から揚げとポテトサラダとミートパイね！　パイシートが余りそうだから、チョコパイも作ろうかな」

絵麻が子供たちの好物ばかりを挙げていく。小春はキラキラと目を輝かせて、絵麻の足にしがみついた。

「チョコパイたべたいの！」

甘いものが大好きな小春は、どうしてもチョコパイを作ってほしいらしい。

「じゃあ、はるが手伝ってね」

「うん、やる！」

材料を広げて準備をする。あまり時間がないが、絵麻の手際のよさならすぐに出来上がりそうだ。

こうなると麻衣子の役目は、絵麻の手伝いと小春の監視だ。

「はる、トマトを洗ってくれる？　お姉ちゃんはサラダの用意をお願い」

「はい！」

「分かった。はる、ここの台に乗ろうか」

小春にはシンクが高すぎるので、踏み台が必須だ。

「うん、トマトあらう」

野菜を洗ったり、卵を混ぜたり、簡単なお手伝いだけれど小春は真剣だ。

（小春は料理が好きだよね。将来は絵麻みたいに食品関係の仕事に就くかも）

大人になるのはまだまだずっと先だけれど、気づけば時間は流れているのだろう。

今だって、赤ちゃんだったときが、ついこの前のように感じられるのだから。

「はる、チョコパイの準備だよ。はいこれ」

「うん、きれーにきれーに」

小春がミートパイのあまりのパイ生地にチョコレートを慎重に乗せて包み始めた。

小さな手でゆっくりとだけれど、絵麻に教えてもらった通りに頑張っている。

（……子供たちのためには、裕斗さんに本当のことを打ち明けるべきなのかな）

別れを決めたときとは麻衣子の環境は変化している。

この三年間、あれほど圧力をかけてきたのが嘘のように、藤倉議員からの接触はなかった。おそらくもう警戒が解かれているのだ。

それにあの頃と違って彼との将来を考えているわけではない。

裕斗だって今は違う人生を歩んでいるだろうし、そんなに深くは聞いてこないかもしれない。藤倉議員のことは打ち明けずに、子供たちのことだけ打ち明ければ……。

考え込んでいると、絵麻の慌てた声がした。

「お姉ちゃん、はるの服が大変なことに！」

はっとして小春を見ると、側に置いてあった小麦粉を零してしまったようで、ピンクのトレーナーが真っ白になっていた。

「あ……ごめんぼんやりしていた。はる、洋服を脱ごうね」

なるべく髪の毛などにつかないようにして、着ていたピンクのトレーナーを脱がしてやる。

「ごめんなしゃい」

失敗したのが分かるのか、小春がしょんぼりとした様子で俯いている。

「大丈夫だよ。でも今度はるのエプロンを用意しようね」

「エプロン……えまたんといっしょ？」

小春がぱっと顔を輝かせる。ママと一緒と言ってもらえなかったことに少しがっかりしながらも、幼い娘の機嫌が直ったようなのでよしとした。

日が落ちて暗くなった頃、夏目と子供たちが帰ってきた。

めいっぱい遊んで満足したのか、大樹も柚樹もご機嫌だ。

「楽しかった？」

テーブルに料理を並べながら聞いてみる。

「うん。なつめせんせいとはしったら、めちゃはやくなった！」

大樹が胸を張って言う。

「ぼくは、バスケ、おしえてもらった」

柚樹も珍しくテンションが上がっている。

「ふたりとも、よかったね」

麻衣子もできるだけ外に連れ出すようにしているが、スポーツを教える余裕はない。

夏目に教わりながら遊べて楽しかったのだろう。

（夏目君は昔から運動神経抜群だったものね）

「夏目君、ありがとうね」

感謝の気持ちを込めて、夏目を見つめる。

「大樹も柚樹も小春も私も、みんな夏目君に感謝してるよ。こんなふうに言ったらずうずうしいと思われそうだけど、夏目君と再会できて本当によかった」

「あ、ああ……」

感謝の言葉で照れてしまったのだろうか。夏目は目をそらして頭を掻く。珍しい彼の仕草が微笑ましくて麻衣子はくすりと笑ってしまった。

「なんで笑うんだよ」

「だって夏目君の態度が面白かったんだもの」

「なんだって？ ……でも麻衣子はそうやって笑ってた方がいいな」

夏目はむっとしたふりをしたが、すぐに優しい笑顔になった。

「麻衣子、もし俺が……」

夏目が何か言いかけたとき、明るい絵麻の声が響いた。

「パイが焼きあがったよー！ さあ、みんなで食べよう」

ほかほかと湯気を立てるミートパイがテーブルの真ん中にどんと置かれる。

「うわあ、うまそー！」

大樹の目がミートパイにくぎ付けだ。

「これ、はるがちゅくったの！」

小さなチョコパイを指さし小春がアピールする。

「はる、じょうずだね」

「えへへ」

柚樹が淡々と感想を述べると、小春が満面の笑顔になる。

それぞれ席に着き、賑やかな食事を始める。

「いただきます！」

「ぼく、ミートパイたべる！」

大樹が我先にと手を上げ宣言する。

「はるはチョコ！」

「チョコはデザートだよ」

小春も続いたが、柚樹に速攻で注意されていた。

「みんな落ち着いて」

わいわいと賑やかな子供たちの世話に追われて、先ほどの夏目から感じた違和感はいつの間にか頭から消えていた。

絵麻の絶品料理を食べて満足した後は、コーヒーでも飲んでゆっくりしたい気持ちをぐっと堪えて、子供たちをお風呂に入れた。

今日は夏目に遊んでもらってはしゃいでいたので、普段よりも早めに眠くなるかもしれない。案の定三人ともお風呂から上がってすぐに力尽きて寝てしまった。

夏目が大樹を、絵麻が柚樹を、麻衣子が小春を抱っこして寝室に運んで布団に並べる。

「ぐっすり眠っているな」

夏目が声を潜めて言う。子供たちを見る目はとても優しい。

「知ってる？　寝顔はなぜか三人とも似ているんだよ」

「本当だな」

絵麻の笑いを含んだ声に、夏目が頷く。麻衣子も我が子たちを微笑ましい気持ちで見つめた。

ぷくっと膨らんだ頬に、丸くて広い額。つるりとした肌。ときどき気持ちよさそうにもぐもぐする口元。たしかに起きているときよりも、共通点がある。

起こさないようにそっと部屋を出てリビングに戻る。

子供がいないと、とても静かだ。

「私、キッチンの片付けをしてくるよ」

「私がやるから絵麻は休んでいて」

「お姉ちゃんは夏目先生と話があるでしょ？　はるのこと相談したいって言ってたじゃない」

絵麻はそう言うと、さっさとキッチンに入ってしまった。

ふたりで残されて、麻衣子はなぜか気まずさを感じた。

「小春ちゃんに何かあったのか？」

夏目が心配そうに言う。彼の目は真剣で、医師として質問しているのだと分かった。

「あ……うん。今度保育園でマラソン大会があるんだけど、小春の参加をどうしようか悩んでいるの」

小春は心臓の定期健診を受けているけれど、基本的には普通の子供と同じように生活を送っている。ただマラソン大会は初めての経験だし、普段よりも体力を使いそうだから、念のため医師に相談したかったのだ。

「マラソンか……」

「そう。二歳児クラスは園庭で三百メートルも走らないみたいだけど心配で……」

「小春ちゃんは参加したがっているのか？」

麻衣子は頷いた。

「大樹と柚樹が参加するから、自分も当然参加するものだと思ってる」

「その行事、麻衣子は見に行くのか？」

「うん」

「それなら参加する方向にして、当日の体調が悪かったり、途中で様子がおかしいと感じたら麻衣子の判断で中断すればいい。心配なのは分かるが、小春ちゃんはもう普通の子と同様に過ごして大丈夫だ。過保護すぎるのもよくない。麻衣子は小春ちゃんにも大樹君と柚樹君と同じ経験をしてほしいと思ってるんだろ？　その考えでいいと思う」

「……そうだね。私は小春にもいろいろな経験をしてほしいと思ってる。ありがとう。夏目君に大丈夫だと言ってもらえて安心できた」

「あ、ああ……」

笑顔でお礼を言うと、夏目がどこか気まずそうに目をそらした。

なんとなく言葉が続けられなくなり沈黙になる。

今日の彼は、どこか違和感がある。纏う空気感が普段と違うような。

「あの、夏目君……」

何かあったのか聞きかけたそのとき、夏目が口を開いた。

「絵麻ちゃんに聞いたんだけど、小春ちゃんたちの父親と会ったんだって？」

「う、うん、偶然だったんだけど」

麻衣子は肯定しながらも、内心かなり驚いていた。

子供たちの父親については、かなりデリケートな問題だ。それなのに、夏目に話したのはなぜなのだろう。絵麻らしくないと思った。

「また会う約束をしたと聞いた。その人と復縁を考えているのか？」

「えっ？　考えていないよ、絵麻がそう言っていたの？」

「いや。でも会うなら、考えられることだろう？」

夏目の声音がいつもより余所余所しく感じられる。

「本当にそういうのじゃないの。別れたときにちゃんと話し合いをしなかったから、けじめをつけるというか、共通の友人の話もあって……」

説明する声がだんだん小さくなっていく。麻衣子自身、裕斗と会って何を話すのか決めていないから、はっきりしたことが言えないのだ。

「子供たちも連れていくのか？」

麻衣子は首を横に振った。

「連れていかない。子供のことはまだ言ってないから」

「……え？」

夏目は驚いたように目を瞠った。絵麻は詳しい事情まで話したわけではないのかもしれない。

「別れた後に妊娠しているのが分かったんだけど、事情があって話さなかったんだ。だから今更出産したことを伝えた方がいいのか、言わない方がいいのかまだ結論が出ないの。彼にとってどちらがいいのか分からない。でも子供にとっては父親がいた方がいいのかもしれない。そんなふうにいろいろ考えちゃって」

以前から、夏目と楽しそうに遊ぶ大樹たちを見るたびに、父親がいたらと思っていた。

保育園に通うようになってから、三つ子は友達の家にはパパがいると知った。なぜ自分たちにはいないのだろうと疑問を感じているはずだ。

一度、小春から聞かれたことがある。大樹と柚樹も麻衣子の答えを知りたそうにじっと見つめていた。

（あのとき私は、お父さんは会えないところにいると言ったんだった）

他に言いようがなかった。いつか会えると答えたら子供たちは喜ぶだろうが、期待させて裏切る方が残酷だ。そんな嘘は吐けなかった。

「今まで麻衣子を放っておいた男に、三つ子の父親が務まると思うのか？」

夏目は少し怒っているように感じた。

「私から別れようって言ったから。それにアドレスを変えてしまったから向こうからは連絡が取れなかったの。彼に父親が務まるかは分からないけど、無理強いするつもりはないんだ。出産したことを黙っていた私が悪くて、彼は被害者のようなものだから」

「そんなことはないだろ？　妊娠は麻衣子ひとりじゃできない。可能性があるのは相手だって分かっていたはずだ。連絡を取る方法だってあったはずだろう？　それなのに放置していたのは無責任じゃないか？」

夏目が声を荒らげた。

「夏目君、どうしたの？　私、何か気に障るようなことを言った？」

いつも温厚な彼らしくない。麻衣子の言葉に夏目ははっとしたように口を噤み、怒りを捨てるように息を吐いた。

「悪い。少し感情的になった」

「大丈夫だよ。私こそ気持ちが重くなるような話をしてごめんね」

「麻衣子はなんでも自分が悪いと思い込む。少しは周りを頼れって前も言っただろ？」

「そうだね。長女気質なのか、なかなか甘えられなくて、でも最近は絵麻がしっかりしてきて、いろいろ頼ってるんだよ」

気まずい空気をなんとかしたくて話題を変えようとする。けれど夏目は寂しそうに眉を下げた。

「麻衣子……もし俺が父親になるって言ったらどうする？」

「……え？」

予想外の言葉に麻衣子の思考は停止する。

(夏目君が父親？　どういうこと？)

「あの子たちに父親がいたらいいと思ってるんだろう？　俺がその役目を担ってもいい」

「な、なに言ってるの？　そんなこと無理で……」

麻衣子は混乱して視線をさまよわせる。彼の目は真剣で冗談を言っているのではないと分かるが、あまりに突拍子もないと感じたのだ。

「あの、夏目君の面倒見がいいのは知っているし、三つ子を可愛がってくれているのも分かってる。私たちを心配してくれているんだよね？　でも父親になるなんて言ったらだめだよ。夏目君はこれから結婚するだろうし、私たちのことよりも自分の幸せを考えて」

きっと彼は同情してくれているのだろう。実際彼にとても助けられている。けれどこれは越えられない一線だ。

「ちゃんと考えて言ってるんだ。俺は真剣に麻衣子とあの子たちを守ってやりたいと思ってる」

「……そんなふうに言ってもらえて本当にありがたいと思ってる。でも夏目君にそこまで頼るわけにはいかないよ」

彼は三つ子の父親ではないのだから。

親身になってくれたことにはとても感謝している。そんな優しい彼には普通の幸せを掴んでほしい。

麻衣子の気持ちが伝わったのか、夏目はふっと笑った。

どこか悲し気な切なさを感じる表情。けれどすぐにいつもの明るい声を出した。

「いい考えだと思ったんだけどな」

「私たちを気にしてくれているのはうれしいけど、夏目君みたいな将来有望なお医者様が、同情で父親になるなんて言ったらだめだよ」

「同情じゃないんだけどな……でも、今日のところは引き下がるよ」

今日のところはというのは、どういう意味なのだろう。

気になったが、夏目はいつもと変わらない朗らかな態度で含みがあるようには感じない。

(深い意味はなかったのかな)

麻衣子はほっとして微笑んだ。

午後十時過ぎに夏目が帰っていった。遅いので車で送ると言ったが固辞されてしまった。

「お姉ちゃん、夏目先生と話せた?」

彼が玄関を出ていくと、一緒に見送っていた絵麻が言った。

「うん、その件で絵麻に聞きたいことがあるんだけど」

ふたりでリビングに移動する。綺麗に片付いたダイニングテーブルで向き合うと、常にはない緊張感が漂った。

夏目だけでなく、絵麻までもがいつもと違う。

その原因が分からないまま、麻衣子は口を開いた。

「どうして、夏目君に裕斗さんのことを話したの？」

「夏目先生が、お姉ちゃんのことを心配していたから。小春の主治医になってから、すごく親身になってうちの家族を気にしてくれていたでしょ？　聞かれたのに黙っているのは悪いと思ったんだ……でも怒ってるよね？」

「ううん……絵麻が言う通り、いつも親身になってくれている夏目君も部外者じゃないと思ってるよ。ただ少し驚いただけ」

「夏目先生は、お姉ちゃんと子供たちの助けになりたいと思っているんじゃないかな」

「うん……実は父親になってくれるって言われた」

絵麻の顔が一瞬曇った。

「……なんて答えたの？」

「もちろん断ったよ。子供たちは夏目君に懐いているけど、それとは話が別だし」

「そっか……やっぱりそうだよね」

「やっぱりって？」

「お姉ちゃんは夏目先生を受け入れないと思ってた。だって彼どうしてそんなことを言ったのか、お姉ちゃんは分かってないんだもの」

絵麻が麻衣子をじっと見つめる。

「分かってるよ。彼は昔から面倒見がいい人だから……」

「そんなわけないでしょ？　お姉ちゃんの子供だから自分が面倒を見ようと、助けになりたいと思ったんだよ！　そんな夏目先生の気持ちが本当に分からないの？」

大きな声を出さないように抑えていながらも、絵麻の強い感情の揺れが伝わってきた。彼女のいつにない態度に麻衣子は戸惑った。

(夏目君の気持ちって……)

絵麻は親切だからではないと否定した。それなら彼がいつも寄り添ってくれていた理由は――。

「まさか……」

(夏目君が私を好き？)

浮かんだ考えを、あり得ないと思いながら心の中で呟いた。

絵麻が麻衣子の心情を読んだように頷いた。

「夏目先生はお姉ちゃんへの気持ちを、かなり態度に表してたよ。でも気づかなかったんでしょう？」

「だって、子供が三人もいるんだよ？　そういう対象になるわけが……」

「だから恋愛対象に見られないって？　お姉ちゃんのそういう考え方、相手に失礼だよ」

「え……」

絵麻の厳しい声に、麻衣子は息をのんだ。

いつも明るく優しい彼女が、こんなふうに麻衣子を突き放すのは初めてだ。

「絵麻、あの……」

「前から思ってた。お姉ちゃんはいつだって、自分が悲劇のヒロインみたいに思ってるよね」

「そんなこと……」

「なくないでしょ？　昔からずっとそうだった。私がやりたいことができるようにって自分は進学を諦めて就職して、イギリスに行くのだって私たち家族を頼らずに資金を貯めて」

いつもより早口な口調に、彼女の感情の高ぶりが表れている。

「裕斗さんと急に別れたのも、きっとあの政治家から私たちを盾に脅されたんだよね？　私たちには相談しないでひとりで決めて……なんでいつも言ってくれないの？」

「それはお母さんと絵麻に心配をかけたくなかったから」

「自分が犠牲になればいいと思っているのかもしれないけど、犠牲になってほしいなんて思ってない」

絵麻が厳しい目で麻衣子を見つめながらはっきり言った。おそらくこれまでずっと心に秘めていた本音なのだ。

「絵麻、私はそんなつもりじゃ、自分ひとりが犠牲になるつもりじゃなかった」

ただ、どうすれば皆が幸せになれるか考えただけだ。けれど絵麻の言う通り、すべてひとりで決断した。

「私たちのために黙っていたのは分かってる。でもうれしくないよ。お姉ちゃんは言わないのが美徳と思っているのかもしれないけど、それって結局自分勝手。相手の気持ちを考えてない」

絵麻の言葉が麻衣子の胸を鋭く貫いた。

(絵麻の言う通り、私は独りよがりだったかもしれない)

よかれと思っての行動だったけれど、結果として三つ子から父親を奪ってしまった。裕斗から我が子の成長を見る機会を奪ってしまった。

もし過去の選択のときに、ひとりで決めていなければ……誰かに相談できていたら、もっとよい結果になっていたかもしれない。

子供を産んで様々なことがあって少しは成長したと思っていたけれど、自分は少しも変わっていないのかもしれない。

頑固で思い込みが強い。だから夏目の好意に気づかず、無神経な態度を取ってしまっていた。

(私って……本当にだめだな。頑張っていたつもりが周りを傷つけていたなんて)

自己嫌悪の痛みに耐えながら、麻衣子は絵麻に頭を下げた。

「絵麻……今までたくさん嫌な思いをさせたよね。ごめんなさい」

「えっ……いや、そんな頭を下げないでよ。言いたいことを言ったけど謝ってほしいわけじゃないから。ただ気づいてほしくて」

憤りに強張っていた絵麻の表情が、困惑したものに変化する。

「うん。絵麻に指摘されて気づいたよ。はっきり言ってくれてありがとう」

いくら姉妹とはいえ言いづらいことだっただろう。でも麻衣子を思って言ってくれた。

「さんざん文句言ったのに、ありがとうって言われると気まずいんだけど。でもお姉ちゃんらしいね」

絵麻がくすりと笑って肩をすくめる。

「夏目君とちゃんと話すね。裕斗さんとは……子供のことがあるから簡単にはいかないけど、独りよがりにならないようにするから」

「うん……あのやっぱり夏目先生とはだめだよね」

絵麻が窺うように麻衣子を見た。

「彼は人としても医師としても素晴らしい人だと思ってる。でも夏目君に限らず、誰かと付き合うとかは考えられないんだ。今は三つ子のことで頭がいっぱいだから」

「それだけじゃないと思う。お姉ちゃんは裕斗さん以外の男性が目に入らないんだよ。別れたけどずっと好きで、今でも忘れていないから」

絵麻の指摘に麻衣子は口を閉ざした。図星だったからだ。

まるでこの世に男性は裕斗しかいないかのように、他の人なんて目に入らない。

自分でも不思議なくらい、心がとらわれて、幸せだった頃の記憶が色褪せない。思い出すと胸が締め付けられて、彼がいない現実が悲しくなるのだ。

しばらく沈黙が続いた後、絵麻が口を開く。

「裕斗さんと会うとき、素直になってね。今更だけど三年前に別れたのは間違っていたと思う。あのとき、藤倉議員からの圧力で私たちは怖くなって逃げたけど、やっぱりおかしかったよね。お母さんの体調がどんどん悪くなっていったのもストレスがあったのかもしれない。あんなふうに家を追い出されて……それなのに戦わずに保身を選んだことを後からすごく後悔した」

絵麻の瞳に涙が滲み、揺らめいた。後悔と無念さで心がいっぱいなのだろう。その気持ちは痛いほど分かる。

今更過去は変えられないと分かっていても、忘れられないのだ。

「……もう後悔したくない」

麻衣子の心からの言葉に、絵麻も「うん」と同意する。

「だから私、夏目先生に話しちゃったんだ。彼はいつもお姉ちゃんに寄り添ってくれているのに、全然報われなくて見ていられなかった。お姉ちゃんが裕斗さんに会ってよりを戻したら、きっとショックを受けるはず。それなら初めから本当のことを知った方が夏目先生の傷も浅く済むかと思ったの。私が口出しをすることじゃないけど黙っていられなかった。何もしないまま夏目先生が傷つくところを見ることになったら私、きっと後悔していた」

絵麻はそう言い肩を落とす。

その様子に夏目に対する同情以上の感情を感じ、麻衣子は僅かに目を瞠った。

「ねえ、絵麻、もしかして夏目君のことを……」

絵麻の言動は彼への好意を示しているように見える。けれど聞き出すのは躊躇われ、麻衣子は中途半端に黙り込む。

絵麻は自嘲するように笑う。それは肯定だった。

「見込みはないって分かってるんだけどね」

「そんなこと……」

絵麻を力づけたくても、〝そんなことはない〟とは言えなかった。夏目は麻衣子に好意を寄せてくれているのかもしれないと話したばかりなのだから。

(でも、もし夏目君が絵麻を……)

「お姉ちゃん、今、夏目先生が私を好きになればいいと思ったでしょ？　それ本人には絶対言ったらだめだよ」

麻衣子が考え込みながら視線を落としたとき、絵麻が早口で言った。

「も、もちろん、言わないよ」

恋愛面で鈍感な自覚はあるが、さすがにそこまでデリカシーがないわけではない。

「今は無理だと分かってるけど諦めたわけじゃないから心配しないで。それよりお姉ちゃんは自分のことを考えて。あと夏目先生とはなるべく自然に接してね」

絵麻の勢いに押されて麻衣子は頷く。これではどちらが姉か分からない。

「うん、分かった」

それでも妹の励ましがうれしくて麻衣子は微笑んだ。

裕斗と再会してから三日後。

午前の仕事が終わり休憩時間になると、麻衣子は急ぎショッピングモール内にあるフリースペースに移動した。テラス席で寒いが、人がまばらなのでひとりでゆっくりしたいときや電話をかけるときに都合がいいので、よほど天気が悪くなければ昼休憩にここを利用している。

いつもの端の席に座り彼に貰った名刺を見ながら発信した。呼び出し音が鳴る間、酷く緊張しているせいか心臓がどくどく音を立てるのを感じる。

仕事で出られないかもしれない。また次の機会にしてもいいのだから、あまりしつこく鳴らさずに切ろう。

往生際悪くそんなことを考えていると、思っていたよりもずっと早く反応があった。

《はい》

低い声が聞こえてきて、ひと際強い緊張が襲ってくる。

「あ……麻衣子です。今話せますか?」

少し声が震えてしまった。

《大丈夫だ》
裕斗の落ち着いた声が返ってくる。
「あの、この前仰っていた、話し合いの席を設ける件なんですけど」
離れていた年月の長さと関係性の変化から、以前のように親しく話すことに躊躇いがあり、出会ったばかりの頃のように敬語になってしまう。
それに対して裕斗は何か言うこともなく、優しい声が返ってくる。
《ああ、連絡してくれてありがとう》
「……今月は仕事を休めなくて……申し訳ないんですけど来月以降にしてもらってもいいですか？　羽澄さんも忙しいでしょうし、場所と日時は合わせますから」
東京に出るなら休暇を取り三つ子を預けないといけないが、事前に決まっている予定なら対応できる。
《それなら俺がそちらに行くから、昼休みにでも会えないか？》
「えっ？　でも仕事があるんじゃ……」
《仕事は調整できるし、俺は身軽だからね……そうだな。明後日の木曜日はどうだろう？》
「は、はい。大丈夫です」

《場所はこちらで押さえておく》

「あ、はい……」

その後も裕斗の主導で気づけば約束を交わしていた。

「……はあ」

麻衣子はスマートフォンを握りしめて、大きな息を吐いた。

（ものすごく緊張した……）

頭の片隅がぼんやりしてしまうくらい、事前に決めていた台詞を言うので精一杯だった。

裕斗の方は余裕がある様子で、てきぱきスケジュールを決めていたけれど。

しばらくすると麻衣子は、持参したランチボックスをテーブルに広げた。

朝ごはんの残りを詰めてきただけの簡単なものだ。今日はおかずがほとんど余らなかったから寂しい内容だが、食欲がどこかにいってしまったからちょうどよかった。

木曜日の午後一時。麻衣子は休憩時間になるとすぐに仕事を切り上げて、裕斗との待ち合わせ場所に向かった。

裕斗からの提案でショッピングモール内の和食レストランで話すことになった。

五分前に到着したが裕斗は先に着いていて、窓際の四人掛けの席に座っていた。

ダークグレーのスーツに、清潔感のある白いシャツ、ネクタイは色味違いのグレーでスタイリッシュなコーディネートだ。

和のインテリアで渋い雰囲気の店内だが、裕斗の周りだけひと際華やいでいるように見える。

少し俯いた横顔は憂いを帯びているが、麻衣子に気づくと朗らかな笑顔に変わった。

「お待たせしました」

「来てくれてありがとう」

「はい。あの、こちらこそ。遠くまでありがとうございます」

彼の視線を感じながら正面の席に腰を下ろし、手にしていたミニトートを空いている椅子に置く。

すべての動きを観察されているような気がして意識してしまう。

「あの、注文は済ませましたか？」

沈黙よりも会話をしていた方が緊張がまぎれると思い、麻衣子から声をかける。

「まだだ。麻衣子が来てから一緒に頼もうと思って」

裕斗はそう言いながら、麻衣子にメニューを渡す。

「ありがとう……」

麻衣子は受け取ると、裕斗の視線から逃れるように目を伏せた。

いつだったか、ふたりであぁだこうだ言いながら一緒にランチを注文した日のことを思い出したのだ。

心臓がどきどきする。彼といると心が過去に飛んでいくような気がする。すぐに思い出が浮かんでくるのだ。

麻衣子が銀むつの西京焼き定食を、裕斗が雉焼き定食を頼んだ。手持ち無沙汰になってしまったので、テーブルに置いてあったポットのお茶をカップに注ぐ。香ばしい香りが漂った。

今日は上司に昼休みを長めに取る許しをもらっているためいつもより時間に余裕はあるが、いつ話を切り出されるのか分からないからハラハラする。

そんな麻衣子に、裕斗が改まった様子で口を開いた。

「麻衣子と再会した日は、同僚の見舞いに来ていたんだ。まさか麻衣子がいるとは思わなかったから、驚いたよ……だが会えてよかった」

裕斗はそっと目を伏せた。

麻衣子は無言を返すことしかできなかった。

「三年前、別れを告げられたとき、俺にとって突然のことだったのもあって酷く混乱した。君と離れるなんて考えたこともなかったんだ。だが君が望むなら仕方ない。それで幸せになると言うなら身を引こうと思った。だがあのときの俺は動揺していて冷静ではなかった。一方的に別れを告げるなんて君らしくない。もっと事情を聞き出すべきだったのに……その後、亜里沙さんから麻衣子と連絡が取れなくなったと聞き後悔したよ」

「……帰国する前に亜里沙と会って話したんですよね？　その、私と連絡が取れなくなったって」

「ああ、君の身に何かあったのではないかと、酷く心配していたよ」

藤倉議員との示談が決まった後、亜里沙には一度だけ電話をしてそれとなく別れを告げた。その後麻衣子は携帯電話を変更して連絡が取れないようにした。不義理だと思われても、厄介な問題に亜里沙を巻き込みたくなかったからだ。

（そんなことをしたのに、怒るより心配してくれていたなんて）

罪悪感がこみ上げて胸が痛い。

「亜里沙さんは麻衣子と連絡を取りたがっていて、去年俺が任期を終えて帰国するときに麻衣子の様子を見てきてほしいと言ってきたんだ。心配な気持ちは俺も同じだったから、迷惑だろうとは思ったが帰国してすぐに聞いていた実家を訪ねた」

「私の家に来たんですか？」

驚く麻衣子に、裕斗が頷く。

「そこで引っ越しをしたことを知った。麻衣子が実家に住んでいない可能性は考えていたが、家族全員がいなくなっているとは予想していなかったから驚いたよ。転居先を調べたが見つけることができなかった。だからずっと心配していたんだ」

「心配をかけてしまってごめんなさい。亜里沙にも申し訳なく思ってます。彼女は今もイギリスに？　カレッジは無事卒業できたんですか？」

裕斗が優しく微笑んだ。

「ああ、今はロンドンでフローリストとして働いている」

「ロンドンで？　帰国してお店を開くと思っていたけど……きっと亜里沙にもいろいろあったんでしょうね」

「よかったら亜里沙さんに連絡をしてやってくれ」

「……はい」

麻衣子が頷き話が一段落したことで沈黙が訪れた。

裕斗が話したい内容は亜里沙のことだけなのだろうか。それなら麻衣子から子供の件を伝えるべきだろうか。

絵麻に諭され独りよがりな判断はしないようにと心に決めた。だからといってなんでも言っていいわけじゃない。

麻衣子は今の裕斗について、何も知らないのだから。

(裕斗さんには恋人がいるかもしれないし)

どうやって切りだそうか迷っていると、裕斗が改まった様子で麻衣子を見つめた。

「再会したばかりだが、次にいつ会えるか分からないから、はっきり言おうと思う。俺は今でも君が好きだ。君に別れを告げられて諦めようとしたが、どうしても忘れられなかった」

裕斗が強い意志を感じる眼差しを向けてくる。麻衣子の心臓がドクンと跳ねた。

「わ、私は……」

裕斗の告白は麻衣子にとって、予想もしていないものだった。

(だって、あんなに身勝手な別れ方をしたのに)

裕斗は態度に出さなかったが、怒りを覚えただろうし、傷つきもしたはずだ。

「あれから何年も経っているんだ。麻衣子が今、どんなふうに過ごしているのか俺は知らないし、そんな状況で蒸し返しても困らせると分かっている。それでも、この機会を逃したら、ようやく繋がった縁が今度こそ絶えてしまうかもしれない。一度目は麻衣子の幸せを考えようと本音を隠して後悔した。同じ間違いは繰り返したくないんだ」

裕斗は麻衣子から目をそらさなかった。彼の真剣さが伝わってきて麻衣子は激しく動揺した。

「あの……ごめんなさい、頭が混乱していて……酷い別れ方をしたから、裕斗さんは私に呆れていると思っていたのに……」

憎まれていてもおかしくないと思っていた。

「戸惑うのは当然だ。それに麻衣子には事情があったと確信しているんだ」

「え？」

「居所を簡単に捜し出せないようにしていただろ？　俺を避けるためだけに、そこまで用心するとは思えない。何かトラブルがあって引っ越しをしたんじゃないのか？」

（そこまで知ってるなんて……裕斗さんはかなり詳しく調べたんだ）

さすがに藤倉議員の件までは知らないだろうが。

自分が思っていた以上に、彼は麻衣子を想ってくれていた。

「……いろいろあって。引っ越しをしたのは、前の家に住めなくなったからなんです」

詳細を話していないのに、裕斗は追及せずに相槌を打った。無理やり聞き出すつもりはなさそうだ。

「そのトラブルは解決したのか？」

「ええ。今のところは問題ないです」

あれ以来、藤倉議員から何か言われたことはない。麻衣子たちが余計な言動をしなければ何かされることはないのだろう。

「よかった」

裕斗がほっとしたような息を吐いた。

（こんなに心配してくれる優しい人に私は酷い真似を）

胸がちくりと痛んだ。彼は寛容な人だったけれど、傷つかなかったわけはない。

「子供の父親はいないと言っていたが……今、付き合っている相手がいるのか？」

「いえ、いません」

裕斗は一度言葉を切り、それから麻衣子に真摯な目を向けた。

「俺とやり直してくれないか？」

麻衣子の心臓がどくんと大きな音を立てた。

言葉で言い表せない様々な思いがこみ上げる。

「今すぐ返事をしてくれなくていい。ただもう一度チャンスがほしい」

麻衣子は裕斗の視線から逃れるように目を伏せた。

（私だって裕斗さんが好き。ずっと忘れられなかった。でも……）

好きな気持ちがあるからといって、簡単に元に戻るなんてできない。

何も知らせず三つ子を産んだ事実を彼が知ったらどう思うだろうか。

それに藤倉議員の件もある。

今のところ何もなかったかのように平穏だが、裕斗とよりを戻すのは示談を反故《ほご》にするということになる。

もし、藤倉議員がそのことを知って怒ったら？

以前のように脅してきて、麻衣子たち家族だけでなく、裕斗にまで被害が及ぶかもしれない。帰国した今、イギリスにいた頃よりも危険が増していると言えるだろう。

（それは絶対にだめ）

裕斗は外交官の仕事に誇りを持ち真摯に務めを果たしていた。それは近くで見ていた麻衣子がよく知っている。

（やっぱり、やり直すわけにはいかない。でも……）

裕斗は麻衣子とやり直したいと、真剣に気持ちを伝えてくれた。

それなのに麻衣子が勝手にやり直せないと決めていいのだろうか。

絵麻に言われた言葉が脳裏を過る。

『私たちのために黙っていたのは分かってる。でもうれしくないよ。お姉ちゃんは言わないのが美徳と思っているのかもしれないけど、それって結局自分勝手。相手の気持ちを考えてない』

今もまた自分本位な考えに陥っていないだろうか。

裕斗を巻き込みたくないからって、麻衣子の判断で彼を拒否していいのだろうか。

(どうすればいいか分からない。素直になろうって決めたのに……)

「何か心配なことがあって決断できないのか?」

麻衣子が何も言えないでいたからか、裕斗が気遣わし気な声で言った。

「今の麻衣子は何かを抱えて苦しんでいるように見える。俺に話してくれないか? 今度こそ助けになりたいんだ」

力強い声から裕斗の想いが伝わってきて、麻衣子の心をグラグラと揺るがす。

(何もかも打ち明けてしまえたら……)

そうしたらどれだけ楽になるだろう。彼を好きだと素直に言えたら。

けれど流されるわけにはいかない。かと言ってもう彼を拒否するなんて不可能だった。

「この三年の間に……裕斗さんに言えないことがたくさんできてしまいました」

麻衣子の言葉に、裕斗は理解を示すように頷く。

「離れていたんだから、それは当然だ……麻衣子が気にしているのは子供のことか？」

裕斗が気遣うように声を潜めた。

「それもあります」

「俺は麻衣子の事情をすべて受け止めたい。大きな問題があるのだとしても共に乗り越えたいと思っている。だがもし俺を信用できないと思うなら、はっきり俺自身を拒絶してほしい。そうでなければ諦められない」

裕斗が麻衣子を見つめながら断言する。その意志の強さに、麻衣子の心は大きく揺れた。

やがていくつもの思い出が蘇る。

（そうだ……裕斗さんは寛容だけど、一度決心したら絶対にぶれない）

彼の目は覚悟を決めている目だと思った。

「麻衣子、答えを聞かせてくれないか？」

「私は……」

ここまでの決意を見せられて、拒否することなんてできるはずがない。

だって彼を愛しているのだ。この気持ちが消えない限り本音を隠して彼を突き放しても、きっと見抜かれてしまう。

麻衣子は覚悟を決めて膝の上の手をぎゅっと握りしめた。

「もう少しだけ時間をください」

裕斗の雰囲気が止めていた息を吐き出したときのように、安らいだものになった。

麻衣子の言葉に含まれた前向きな意思に気づいてくれたのだろう。

「ありがとう」

裕斗が柔らかに微笑んだ。

休憩時間の終わりが迫ったため店を出た。

「また連絡する」

「……はい」

彼が去っていく後ろ姿を見送り、麻衣子は仕事に戻った。

「裕斗さんとの話し合い、どうだった？」

三つ子のお迎えをして帰宅してから慌ただしく夕食を取り寝かしつけを済ませると、絵麻が待ちかまえていたように聞いてきた。

「……やり直そうって言われた」

子供たちと過ごしているときは考える余裕なんてなかったけれど、落ち着いた今になりじわじわと実感がこみ上げてくる。

まだ信じられない気持ちが大きいけれど、これは現実だ。

「よかったじゃない！」

絵麻がぱんと両手を合わせた。

「もちろん、復縁するって言ったよね？」

「復縁まで言われるとは思っていなかったから驚いて……少し考えさせてくださいって答えた」

「まあ、簡単には決められることじゃないよね。子供のことは話したの？」

「それも話す余裕がなかった。三つ子ってことも何も言ってない」

「ええ……ひとりで抱え込まないって決めたんじゃなかったの？」

絵麻は呆れてしまったようだ。

「うん。そうだけど。一度落ち着いて考えたかったから」

「別れてもずっと裕斗さんひと筋だったんだから、もっと素直に行動してもいいのに。でも勝手に決め込んで断らなかっただけ進歩かな。子供がいるから慎重さも必要だしね」

絵麻は裕斗との別れを藤倉議員がらみと気づいているが、裕斗と亜里沙の名前を出して絶縁を迫られたことまでは知らない。

近い内にすべて話すつもりでいるが、現時点では危機感のレベルが麻衣子とは違う。

(藤倉議員の考えが分かればいいのに)

甘く考えてもしものことがあったときに、麻衣子では太刀打ちできない。

でもふと気がついた。麻衣子では子供たちを守れないと思っているなら、なおさら裕斗に本当のことを言うべきなのでは？

今更都合がいいのは分かっているし裕斗を巻き込んでしまうが、子供中心に考えた場合はそれが正解ではないだろうか。

どちらにしても、これ以上麻衣子がひとりで判断するのはよくないかもしれない。

(ひとりで抱え込まない方がむしろ安全？)

悩んでいると絵麻が言った。

「もし裕斗さんとやり直すと決心したら、そのときは私のことは気にしなくていいからね」

「え？」

「お姉ちゃんのことだから、私をセットで考えていそうで心配だよ。絵麻を置いて家を出るわけにはいかないとか裕斗さんに訴えそう」

「それは……」

図星だった。将来について考えるとき、絵麻の存在は抜きにはできないと思っている。

たったひとりの妹というだけでなく、これまでたくさん助けてもらった。

彼女がいなかったら、三つ子をここまで育てることは絶対にできなかった。

近所に友人や知人ができたし、叔母もいる。けれどなんでも相談できるのは、絵麻だけだった。

「気にしないのは無理だよ。だって、もし私たちがこの家を出たら絵麻はどうするの？」

今は賑やかなこの家も、絵麻ひとりでとても寂しいものになってしまう。

「私はそのままここに住むよ。都心でワンルームマンションを借りるより家賃が安いし、暮らしやすい環境で気に入っているから。お姉ちゃんたちが里帰りすることもできるでしょう？」

絵麻は悩むそぶりもなく、すらすらと答えた。その様子から彼女はこの問題につい
て、以前から考えていたことが分かる。

「そっか……」

現状から身動きできなくて立ち止まっていたのは、麻衣子だけなのかもしれない。

絵麻も裕斗も前に進もうとしている。

（私も、勇気を出して変わらなくちゃ）

「次に裕斗さんと会ったら、子供のことを打ち明けようと思う」

「そうした方がいいよ」

「絵麻……ありがとうね」

「え？」

「絵麻がいてくれてよかった」

「……なんだか照れるんですけど」

絵麻は居たたまれないような顔をして、椅子から立ち上がった。

「コーヒーでも淹れるよ。飲むでしょう？」

「うん、お願い」

しばらくするとリビングにコーヒーのよい香りが漂いだした。

麻衣子が勤めるフラワーショップでは月に一度、その季節の雰囲気に合わせてディスプレイを変更する。

十月はハロウィンを意識した飾りつけをした。来月、十二月はクリスマスで赤と緑を多く使うだろうから、今月は違う系統がいいだろう。

スタッフで相談して、十一月はモーブカラーをメインに、華やかさの中に落ち着きがある雰囲気にしようと決めた。

接客の合間に具体的なアイデアを出し合っていると、正午になった。

「ごめん、ちょっと出てくるね」

麻衣子は時計を気にしながら席を立つ。今日、裕斗が再びこちらに来てくれることになっているのだ。以前と同じお店を予約しておくと言っていた。

裕斗は気にするなと言うが、県境とはいえ霞が関からは一時間ほどかかるから何度も来てもらうのは気が引ける。

でも幼い子供がいると、どうしても行動が制限される。子供は可愛くて愛おしい存在だけれど、足かせになるときもある。

いきなり父親と言われて裕斗がそれを受け入れられるのだろうか。

心配だが、麻衣子は今日彼に三つ子のことを告白するつもりだ。

どんな反応が返ってくるのか怖いけれど、決心した。


「麻衣子」

裕斗は今日も先に待っていて、麻衣子を柔らかな笑顔で迎えた。

「ごめんなさい。お待たせしました」

「俺もついさっき来たばかりだから大丈夫。それより仕事が立て込んでいたのか？」

「え？」

心配そうな裕斗の視線が、麻衣子の胸元から腹部のあたりに向いている。

どうしたのかと視線を下げた麻衣子は、「あっ」と高い声をあげた。

仕事用のエプロンを着けたまま、来てしまったのだ。

店名が大きく書いてあるようなものではなく、濃紺のシンプルなものだけれど、ずっとこの格好で歩いていたのかと思うと少し恥ずかしい。

麻衣子は慌ててエプロンを外した。

「うっかりしちゃって」

しなくてもいい言い訳が口から出てくる。裕斗はそんな麻衣子にくすりと笑った。

「急いで来てくれたんだな。ありがとう」

「いえ、そういうわけじゃ……」

(待ちきれなくて飛び出してきたと思われたかな)

裕斗と会うのを楽しみにしていたから間違いではないのだけれど、本人から言われると居たたまれなくなる。

麻衣子はそっと席に座り、畳んだエプロンを隣の椅子に置いた。

そして視線を上げると、相変わらず裕斗に見つめられていることに気が付いた。

彼の眼差しは恋人だった頃と変わらず優しくて、鼓動が速くなる。

食事をしている間も、何かと麻衣子を気遣う様子が伝わってきたが、無理をしているようには見えない。本当に麻衣子のことを大切にしてくれているのが伝わってきた。

そんなふうにされると、心が喜びに溢れる。

(でも、これから深刻な話をするんだから、落ち着かなくちゃ)

そっと深呼吸をしてから、改めて裕斗に目を向ける。

「裕斗さん、今日は私から話したいことがあります」

「この前の返事かな？」

裕斗が纏う空気が、緊張をはらんだものに変化する。

「いえ、子供についてです」

「ああ、先日連れていた子のことだな」

「はい」

麻衣子は緊張が高まるのを感じながら切り出した。

「あのとき娘の年齢を聞かれて答えなかったけれど、今二歳六か月になります」

「え?」

裕斗の顔に動揺が走る。一瞬で麻衣子が子供を産んだ時期を考えたのだろう。

「あの子はあなたの子供です」

麻衣子の宣言に、裕斗は大きく目を見開き息を呑んだ。

小春は裕斗に似ていないし、実際よりも更に幼く見えるから、自分の子の可能性は考えなかったはずだ。

「あなたに知らせないまま産んで、今日までずっと隠していたことを申し訳なく思っています」

そう言って、頭を下げた。

「……あの子が俺の子」

沈黙の後、裕斗がかすれた声を出し、痛む頭を押さえるように額に手を置いた。

こんなふうに動揺する彼を見るのは、初めてかもしれない。

「裕斗さんと別れた後に妊娠していることに気づいたの」

「それならなぜ俺に知らせなかったんだ？　父親の俺に黙ったまま産んだ理由は？」

裕斗の声が強いものになった。それほどの衝撃を与えてしまったということで、麻衣子は申し訳なさでいっぱいになった。

「知らせない方がいいと思ったんです。当時はいろいろな問題があって……でもすべて言い訳です。本当にごめんなさい」

麻衣子が謝罪をすると、裕斗ははっとしたような表情になった。

「いや……俺の方こそ声を荒らげて悪かった」

「裕斗さんが驚くのは当然です」

「たしかに驚いたが……麻衣子、一から説明してくれないか？」

裕斗が懇願するように言う。麻衣子は頷き事情の説明を始めた。

母の怪我は政治家の息子との事故が原因であり、揉め事になったこと。解決はしたが引っ越しをすることになったこと。その後母が脳梗塞を起こしたため退院できなくなったこと。

藤倉議員から受けた脅迫のほかはすべて正直に打ち明けた。

「三つ子を妊娠していることが分かったのは、裕斗さんと別れた後でした」

「……三つ子？」

裕斗が視線を揺らしかすれた声を漏らす。

彼が動揺する気持ちは痛いほど分かる。麻衣子だって三つ子を妊娠していると知ったとき、強い衝撃を受けたのだから。

「裕斗さんと再会したときに連れていた女の子が長女の小春。他に男の子がふたりいます。長男の大樹と次男の柚樹。ふたりは小春よりも大きくて元気いっぱいなんです」

「小春に、大樹に柚樹……」

裕斗は子供たちの名前をゆっくりと呟いてから黙り込んだ。

「……麻衣子ひとりで三人も育ててきたのか？」

「いいえ。妹に助けてもらいながらです。他にもたくさんの人の助けを借りて子育てしてきました」

「それでも母親ひとりでは大変だっただろう？　知らなかったとはいえ、俺は何もしてこなかった」

まるで自分が悪いとでも思っているかのように、裕斗が顔をしかめた。

「私が言わなかったのだから、裕斗さんが知らなかったのは当然です」

「だがそれは、麻衣子が俺を思ってくれてのことだろう？」

「でも……正しい行動だったのか分からない」

「それは俺だって同じだ。別れを告げられたときにもっと言えることがあったかもしれない。麻衣子の気持ちを変えられたかもしれないのに、俺はそれができなかった。別れていなかったら麻衣子に苦労をかけることもなかった。今頃は家族で暮らしていたかもしれなかった」

裕斗が寂しそうに目を伏せる。彼の孤独を感じて、麻衣子の胸がずきずきと痛む。

「……子供たちに会わせてもらえるか？」

「はい。ただ、子供たちは裕斗さんのことを知らないから、父親と名乗るのは待ってほしいの」

「もちろん分かってる。それは麻衣子の判断に任せるから」

「ありがとう……」

裕斗と子供たちの対面は、三日後の日曜日に行うと決めた。麻衣子も子供たちも休日だから、ショッピングモールで待ち合わせをする。

裕斗の心の準備ができるのか心配だったが、半月後に国際会議のためにスイスに向かうので、その前に会いたいとのことだった。

三つ子には麻衣子の友人と会うと説明することになった。

当日の朝九時。麻衣子は三つ子をミニバンに乗せてショッピングモールに向かった。駐車場に車を止めて三人を降ろす。開店時間は十時なので、一時間ほどは周囲をのんびり散歩することにした。

「きょう、ママのともだちとあそぶ？」

麻衣子としっかり手をつないだ小春が尋ねてきた。

「そうよ。ママがイギリスの学校に通っていたときのおともだちなの。小春も仲良くしてね」

「うん」

小さく頷きはしたが小春は人見知りだから、少し不安なようだ。麻衣子と兄たちが一緒だから怖がってまではいないが緊張している。

大樹と柚樹は平然としており、むしろ日曜の朝から外出できたと喜んでいる様子だ。

「ママのともだち、はしるのはやい？」

大樹がわくわくした様子で聞いてくる。

「速いと思うよ」

裕斗が全力疾走しているところなんて見たことはないけれど、ロンドンにいるときもジムに通っていたし、反射神経がいいから運動神経もよさそうだ。走るのもきっと速いだろう。

「ぼくは、バスケおしえて！」

柚樹は夏目に教わったのをきっかけにバスケットボールがお気に入りになった。まだ幼いので真似事だが、一生懸命練習している。

中学生になったら、麻衣子と同じようにバスケットボール部に入部しそうだ。

（大樹は陸上部かな？　それともサッカー部？　小春は文化系……今は料理部ってあるのかな？）

などと考えていると、大樹の元気な声がした。

「ママのともだちとなつめせんせーって、どっちがはしるのはやい？」

思わずぎょっとしてしまった。

大樹に他意はなく、キラキラした目で麻衣子の返事を待っている。

けれど、裕斗の前で夏目の話題は避けてほしい。やましいことはないけれど、彼と家族ぐるみの付き合いがあることは言っていないから。

（夏目君の話をしたら、裕斗さんが誤解してしまわないかな？）

かといって、幼い子供に「夏目先生のことは秘密にしてね」などと言えるはずがない。

麻衣子は立ち止まり、大樹に答える。

「夏目先生もママの友達も、どちらも走るのが速いと思うよ」

「じゃあぼくママのともだちと、いっしょにはしる！」

大樹が無邪気に宣言する。

三人を連れてゆっくり五分ほど歩くと、広場が見えてきた。

人工芝が綺麗に敷かれ、周囲には樹木が整然と植えられている。

少し先には湖があるが、まだ子供たちを連れていったことはない。

きっと喜ぶだろうが、はしゃいだ大樹が勢い余って湖に落ちそうで怖い。

やはり今のところは近づかない方が安心だ。

広場で立ち止まり、周囲を見回していると、裕斗が近づいてきた。

スリムジーンズにざっくりしたニットと、かなりカジュアルな休日ファッションだ。

ヘアスタイルが洗いざらしのままだからかいつもと雰囲気が違って見える。

(子供が親しみやすい雰囲気にしたのかな)

裕斗は三つ子を見ると立ち止まり目を瞠った。血を分けた子供がいると話に聞いて理解していても、実際会うと衝撃があるのかもしれない。

けれど彼はすぐに笑顔になり、朗らかな声を出した。

「おはよう」

「おはようございます裕斗さん……この子たちが息子の大樹と柚樹、娘の小春です」

裕斗は麻衣子の紹介に合わせて、三つ子たちと視線を合わせるように、その場で膝をついた。

「大樹くん、柚樹くん、小春ちゃん、はじめまして」

裕斗をじっと観察していた三つ子がそわそわしだす。一番初めに返事をしたのは、柚樹だった。

「おはようございます。あめむらゆずきです」

柚樹が丁寧に頭を下げる。

「柚樹君は礼儀正しいな」

裕斗がうれしそうに目を細めた。

「ぼくは、あめむらだいきです！」

出遅れた大樹が、裕斗の前に飛び出した。

裕斗は大樹の勢いに一瞬驚いたようだけれど、すぐに優しい笑顔になった。

「おはよう。大樹君は元気いっぱいだな」

「へへ」

大樹は褒められたと思っているのかうれしそうだ。

最後は小春だ。やはり人見知りをしているようで、麻衣子の陰に隠れてしまっている。

「はるも挨拶をしようね」

麻衣子の声かけで、小春はおずおずと裕斗を見上げる。

「……はるでしゅ」

集中していないと聞き逃してしまいそうなか細い声だった。

「小春は少し恥ずかしがり屋なところがあって」

麻衣子がフォローすると、裕斗が頷いた。

「小春ちゃん、おはよう。今日はたくさん遊ぼうね」

裕斗がとても優しく声をかける。怖くない相手と判断したのか小春の緊張も解けたようで、麻衣子の足にしがみつく腕の力が緩んだ。

「裕斗さん、お店が開くまで散歩をしようかと思うんだけど」

「ああ、そうしよう。向こうに大きな公園があるみたいだな」

彼は麻衣子たちが来る前に、周辺をざっと確認していたようだ。

「ええ。公園には大きな遊具や小川があって、子供が遊ぶのにとてもいいところなの。のんびり散歩をするなら、湖の周辺もいいんだけど、子供三人だと目が届かなくて危ないから」

「それなら湖に行ってみるか？　ふたりで見ていれば大丈夫だろう」

「あ……うん」

たしかに麻衣子ひとりでは不安なシチュエーションでも、裕斗がいたら安心だ。

「みんな、今日は湖に行こうか」

三つ子に声をかけると、ぱっと顔を輝かせる。

「やったー！」

はしゃいだ大樹が、早速駆け出そうとする。

「あっ、待ちなさい！　ゆず、はるとここで待ってて……」

麻衣子が大樹を追いかけようとしたとき裕斗が先に反応し大樹を容易く摑まえた。今にも道路に飛び出そうとしていたところを、ひょいっと持ち上げたようだ。

「わっ！」

持ち上げられた大樹が、足をぶらぶらしながら目を丸くしている。

「急に走ったらだめだ。もし車が来たら危ないぞ」

裕斗が大樹を優しく諭す声がした。直後車が通りすぎる。

「ごめんなさい！」

大樹が素直に謝る。

「よし」

大樹は怒られたというのに、ニコニコしながら裕斗に話しかける。

「おじさん、はしるのはやい？」

「え……」

裕斗が一瞬言葉に詰まる。きっと「おじさん」と呼ばれたことに驚いたのだろう。

二歳半の幼児から見たら三十代男性はおじさんかもしれないが、日頃そんな呼ばれ方はしないだろうから。

それにまだ父親だと打ち明けていないとはいえ、自分の子からおじさんと呼ばれるのは切ないはずだ。

「裕斗さん、ごめんなさい。だいに悪気はなくて、大人の男性はみんなおじさんに見えてしまうの」

他に呼びようがないというのもあるだろう。

「ああ、分かってる」

裕斗はそう言い苦笑いをしながら、大樹を見つめる。

「でも大樹君、おじさんのことは、名前で呼んでほしいな」

「なまえ？　ひろとくん？」

大樹の返事に、裕斗はうれしそうに微笑んだ。

「その方が仲良くなった感じがするだろう？　柚樹君と小春ちゃんも」

柚樹が素直に頷く。小春は恥ずかしそうに「うん」と言った。

「それじゃあ、行こうか」

裕斗が大樹と柚樹を連れて湖に向かう。大樹は元々人見知りをしないし、柚樹は裕斗が信用できると思ったのか警戒していない。

麻衣子は小春と手をつないで三人の後についていった。

湖は人工的につくられたものなので、それほど大きくはないが、周辺を散策できるようになっていて、犬の散歩やジョギングをしている人たちとすれ違う。

「およいでいいの？」

大樹がじっと湖面を眺めながら言う。

「いや、向こうの看板に遊泳禁止と書いてあったな」

「ゆーえーきんし？」

大樹が不思議そうに首をかしげる。柚樹も理解できなかったようで、黙って裕斗の言葉を待っている。

「ごめん、ちょっと難しい言葉だったな。ここでは泳いじゃいけないということだ」

裕斗がゆっくりした口調で言い直すと、大樹と柚樹はがっかりした顔をした。

「大樹君と柚樹君は、泳ぐのが好きなのか？」

「うん！　だいすき！」

「ぼくも、プールすきだよ」

柚樹と大樹が裕斗の質問に答える。

「そうなのか。すごいな」

裕斗に褒められてうれしいのか、大樹と柚樹のテンションが高い。

仲がよい三人の様子をじっと眺めていた小春が、とことこ歩いて裕斗に近づく。

「でもねーはるとママおよげないの」

「小春ちゃんは泳げるようになりたいのか？」

裕斗は小さな小春に合わせて屈み優しく返事をする。

「うん……だいたんとゆずたんといっちょに、おかおぱちゃぱちゃできるようになる」

それは水泳とは違うと麻衣子は内心思ったけれど、裕斗はおおらかに受け止めてくれた。

「たくさんプールに入って慣れたら水が怖くなくなると思う。顔も洗えるようになるよ」

「ほんと?」

「ああ」

力強い返事にうれしくなったのか、小春が満面の笑みを浮かべた。

散歩の後、少し時間が余ったので公園の遊具で三人を遊ばせた。

裕斗と麻衣子は近くのベンチに座り、子供たちを見守る。

「裕斗さんって、子供の扱いに慣れているんですね。少し意外でした」

「いや、これまで小さな子と接する機会はあまりなかった。甥がいるがときどきしか会わないからな。子供たちに嫌われたくなくて必死だっただけだよ」

「本当に?」

「ああ。今日のために育児書を読んだり、俺なりに子供との接し方の勉強をしてきたけどね」

「そうなんですか……ありがとうございます」

裕斗が真剣に子供と向き合おうとしている意思を感じて、心が温かくなる。

「俺は麻衣子が泳げないのが意外だった」

「そういえば、ロンドンでは泳ぐような機会はありませんでしたよね。でも意外というのは？」

「麻衣子はなんでもそつなくこなすから。あまり苦手なものがないイメージがあるんだ」

裕斗の発言は思いがけないもので、麻衣子は目を丸くした。

「まさか。私なんて苦手なものだらけですよ」

むしろ得意なものの方が少ないくらいだ。

(裕斗さんって、私のことを、よく見すぎじゃないかな)

「そんなことはないと思うが、水泳は俺が教えようか？」

「え？　私が水泳？」

「これから子供たちを連れて海に行くこともあるだろう？　泳げた方がいいんじゃないか？」

「そうかもしれないけど、今更泳げるようになるのかな……」

つい真面目に考えそうになり、はっとした。

（私、次の夏も裕斗さんと一緒にいるのかな）

まだ分からない。それでも彼と話し合い子供たちのためにもよい未来に進めるといいと思った。


たくさん遊び満足した子供たちは、疲れていたのか帰宅してすぐに眠ってしまった。

三つ子を絵麻に頼み、麻衣子は再び家を出た。

裕斗とふたりで話す約束をしているのだ。

周りに聞かれたくなかったので、彼の車で高台の公園に移動する。

彼が車を止めると麻衣子から切り出した。

「あの……子供たちのこと、どう思いましたか？」

今日一番気になっていたことだ。

「三人ともいい子だな。大樹君は明るく元気で好奇心が旺盛だ。柚樹君も好奇心はあるようだが冷静で一番精神年齢が高そうだ。小春ちゃんは大人しくて可愛いな」

裕斗はよどみなくすらすらと答えた。

「すごい……まだそんなに時間が経ってないのに、もう特徴をとらえているんですね」

「はっきりした個性があるからな。双子や三つ子は同じ環境で育つから似るものだと思っていたが違っていたな」

「そうなんです。小春はともかく男の子ふたりは同じように育てたつもりだけど、一歳になる頃には個性がはっきりしてきて」

「生まれついての性格もあるんだろうな。それから……」

裕斗が一旦言葉を切った。

（どうしたのかな？）

「大樹君と柚樹君は、俺に似ている気がする」

裕斗が少し照れたように呟いた。

「あ……私もそう思っていました」

ふたりを見ているとき、自然と裕斗の姿が思い浮かんだ。

裕斗がふっと目を細めた。

「もしかして、俺のことを思い出してくれていた？」

「え……」

「そうだったら、いいんだけどな」

「……実を言うと思い出していました」

「そうか……うれしいな」

本当はそんなことを言うつもりはなかったのに、裕斗の表情があまりに寂しそうに見えたものだから、つい本音を零してしまった。

「あの、今更だけれど子供を産んだことを黙っていてごめんなさい」

裕斗が大樹たちと接する楽しそうな姿を見て、自分の罪深さを改めて実感した。

「その謝罪はもうしてもらったし、麻衣子が悪いわけじゃない」

「でも、私のせいで裕斗さんは子供の成長を見ることができなかったから」

三つ子が遊ぶ姿を眺める様子はどこか切なくて、麻衣子は罪悪感に襲われた。

「たしかにそれは残念だが、子供たちとの思い出はこれからだって作ることができる。俺は何かを失ったとは思っていない。むしろ麻衣子と再会してなくしていたものを取り戻したような気でいるんだ」

裕斗が再び麻衣子を見つめて、優しく微笑む。

「裕斗さん……」

「だから、これから先の人生を麻衣子と子供たちと共に歩んでいきたい。前向きに考えてくれないか？」

「……私は子供たちの幸せを一番に考えたいと思っているんです」

「はっきりした返事をしないのは、やっぱり気にかかっていることがあるからなのか？」

裕斗が麻衣子を見つめて言った。何もかもを見透かすような眼差しだ。

「お母さんの事故の件で政治家と揉めたと言っていたが、麻衣子の不安はそれが原因なんだろう？」

裕斗の発言に麻衣子は思わず息をのんだ。

洞察力が鋭いのは知っているけれど、こんなに早く見抜かれてしまうなんて。

麻衣子の表情の変化を受け取った裕斗が、小さなため息を吐いた。

「あらゆる可能性を考えた。でも麻衣子の口から聞きたいんだ。俺にすべて話してくれないか？」

「でも……」

「麻衣子と子供たちを守るためにも、知っておきたいんだ」

裕斗が麻衣子の手をそっと取った。

「裕斗さん……」

彼の大きな手に優しく包まれると、こんなときなのに安心して泣きたくなった。

彼は絶対の味方でいてくれる。そう信じられるのだ。

裕斗の真摯な目を見つめながら麻衣子は頷いた。

「……分かりました。私が帰国してすぐに――」

麻衣子はこれまでの出来事を今度こそ包み隠さずに話した。

裕斗がどんな反応をするのか不安だったけれど、彼は最後まで黙って聞いてくれた。

「話してくれてありがとう。ずっと不安だっただろう」

労りを感じる声音が心に響く。

「もう大丈夫だ。もし相手が何か言ってきたらふたりで対応しよう」

「……はい」

心強い言葉が胸に染み入る。まだ問題点がいくつもあることは分かっているけれど、ずっと心の奥で感じていた恐怖が和らいでいくようだった。

「あともうひとつ頼みたいことがあるんだ」

「頼みたいこと？」

「以前のように話してほしい。敬語だと距離を感じるんだ」

「分かりました……いえ、分かった」

裕斗が微笑み、ふたりの間を優しい空気が流れる。

「離れていた三年の間、お互い様々なことがあったと思う。少しずつ歩み寄れたらと思ってる」

目の奥が熱くなる。視界が滲むのを隠すように麻衣子はそっと頷いた。

その後、裕斗は週末ごとに麻衣子の暮らす街にやってきて、三つ子との交流を持った。

彼曰く、三つ子はまだ幼いから、間隔をあけると忘れられそうで心配だからとのことだ。

三つ子はすっかり裕斗に懐いて、彼の訪れを楽しみにしている。

一度だけ、麻衣子が東京に行き、裕斗の休憩時間に一緒にランチをした。

午前中にフラワーショップの親会社が主催する研修に参加したついでだったが、裕斗は喜んでフレンチレストランの個室を予約してくれた。

ラグジュアリーでとても高そうなレストランで、麻衣子は気後れしそうになった。

裕斗はネイビーの上質なスーツ姿で、容姿はもちろん品のある振る舞いも、高級レストランに相応しい。そんな人が幸せそうな顔で麻衣子をエスコートしてくれている。

店内には綺麗な女性が何人もいるけれど、裕斗は誰にも見向きもせず、麻衣子だけを見つめている。

ふたりで向き合って食事をしていると胸がときめき、ロンドンで過ごした日々を思い出した。

食後は、裕斗が駅まで見送ってくれた。

「今日はありがとう。素敵なレストランで食事も美味しかった」

「気に入ったならよかった」

裕斗がうれしそうに目を細める。麻衣子もつられて微笑んだ。

「仕事、忙しいんだよね。無理しないでね」

近い内にスイスで国際会議があり裕斗も向かう。準備期間が短いためバタバタしているようだ。

「ああ。麻衣子も気を付けて帰れよ」

「うん、それじゃあ」

麻衣子は手を振って改札に向かう。振り返ると裕斗はその場から動かず、麻衣子を見ていた。目が合うと軽く手を振ってくる。

麻衣子はくすりと笑って、大きく手を振ってから改札を通った。

裕斗との距離が近づいたのを実感する。

次の約束をしなくてもまた会うのが当たり前だと感じるくらいに。

それから数日後、裕斗が埼玉にやってきて、三つ子と遊んだ。

麻衣子はそろそろ裕斗が父親なのだと打ち明けてもいいかと、考えている。

ただ、その前に裕斗とやり直すのかどうかを、はっきりしなくてはいけないと思った。


十二月になり、裕斗がスイスに旅立った。五日程で帰国するそうだ。

現地に着いたその日、麻衣子の昼休憩の時間に裕斗から電話があった。

《無事に着いたよ。今はホテルの部屋だ》

「よかった。スイスは夜だよね？　夕食は食べた？」

《今日は早く休みたいから簡単に済ませた》

「もしかして具合が悪いの？」

ショートスリーパーの彼が早々に寝ると言うなんて珍しい。

《いや、早く起きて資料を確認したいんだ》

「そうなんだ、大変だね……」

元々彼は今回の会議への出席を予定していなかったそうだ。それが同僚の入院で代役を務めるとのこと。優秀な彼でも負担が大きいのだろう。

「それじゃあ早く電話を切らなくちゃね」

《それは嫌だな》

気を遣って言ったのに、裕斗は不満そうな声を出す。

《もう少し付き合ってくれ。麻衣子の声を聞いていると疲れが取れる》

「そんなことないでしょう？」

でも、彼の言葉がうれしくて、つい顔が緩んでしまう。

（やっぱり裕斗さんが好き……）

不安なことがたくさんあるけれど、彼といると前向きな気持ちが蘇ってくる。

なんとかなると思えるのだ。

「裕斗さん、帰国したら話し合いをしたいの」

《え？》

「あの、これからのこととか」

裕斗はずっと復縁を望んでいてくれたから、きっと喜んでくれるだろうと思っていた。ところが彼は黙り込んでしまった。

「裕斗さん？　……もしかして気が進まない？」

《いや、そんなことはない。そうだな、帰国したらふたりで会おう》

「うん、待ってるね」

それから少し会話をして、通話を終えた。
彼の声の代わりに、周囲の喧騒が耳に届き始める。
麻衣子の日常の音だけれど、少しの寂しさが胸を過る。
(裕斗さん、早く帰ってこないかな……)
切なさを感じながら、スマートフォンをバッグにしまった。

独占欲　裕斗ｓｉｄｅ

その告白は、裕斗が麻衣子に復縁を迫り、しばらくしてからのことだった。

『あの子はあなたの子供です』

彼女は先日連れていた女の子が、裕斗の子供だと言ったのだ。

『あなたに知らせないまま産んで、今日までずっと隠していたことを申し訳なく思っています』

一瞬、頭の中が真っ白になり、言葉が何も出てこなかった。

他の男との間に生まれた子供だと思っていた子が、実は自分の子だったなんて。

全身を巡る喜びがある一方で、自分がいつの間にか父親になっていたという事実に、思考が上手くまとまらない。

『……あの子が俺の子』

麻衣子の陰に隠れていた幼児の姿が脳裏に浮かぶ。あのとき自分の子だなんて知りようがなかったのに、気になってなかなか目がそらせなかった。麻衣子の娘だからだと思っていたが、本能で感じるものがあったのかもしれない。

『裕斗さんと別れた後に妊娠していることに気づいたの』

『……それならなぜ俺に知らせなかったんだ？　父親の俺に黙ったまま産んだ理由は？』

『知らせない方がいいと思ったんです。当時はいろいろな問題があって……でもすべて言い訳です。本当にごめんなさい』

頭を下げる麻衣子の姿にはっとして我に返り失敗を悟った。混乱のあまり、つい問い詰めるような言い方をしてしまったのだ。

すぐに謝罪をしたが、彼女は罪悪感を抱いているようで、裕斗の言葉が届かない。

誤解を解こうとしたが、麻衣子が更に驚愕の発言をした。

『……三つ子？』

ひとりでも驚愕なのに、三つ子だとは。

突然自分が三児の父親になったという事実にショックを受ける。

重い責任が肩にずしりとのしかかってくるようだった。

（いや……麻衣子は三人の子供をひとりで育ててきたんだ）

プレッシャーに苛まれている場合ではないと、気持ちを切り替える。

『裕斗さんと再会したときに連れていた女の子が長女の小春。他に男の子がふたりいます。長男の大樹と次男の柚樹。ふたりは小春よりも大きくて元気いっぱいなんです』

『小春に、大樹に柚樹……』

今日、初めて知った我が子。名前を口にすると、複雑な感情がこみ上げる。

会ったこともないのに、とても大切な存在だと感じる。揺らいでいた心が穏やかになり、ようやく彼女に労りの言葉をかけることができた。

麻衣子は別れに至った理由と、これまでの出来事を語ってくれた。

彼女は言いづらそうにしている部分もあったが、強引に聞き出した。

知った事実は酷いもので、裕斗は内心激しい怒りを覚えた。麻衣子の前で表に出さないようにするのに苦労するほどに。

ただ彼女の不安の原因を知ることができたのはよかった。

二度と麻衣子に被害が及ばないように守ってみせる。

麻衣子の方は隠し事がなくなったからか、どこかぴりぴりしていた雰囲気が変化した。

この先彼女が裕斗のもとに戻ってきてくれるかは分からない。

それでも、希望が見えた気がした。

その後、三つ子と会わせてもらい、交流を持つまでに至った。

子供たちは素直ないい子だ。きっと麻衣子が愛情深く育ててきたからだ。小さな子を三人も育てるのは並大抵の苦労ではなかっただろうに。

三つ子たちに向ける麻衣子の母としての顔は優しくそして美しいと思った。

愛情と感謝。そして今まで何もしてやれなかった申し訳なさがこみ上げる。

これからは自分が彼女たちを守っていきたい。愛しい光景を見つめながら、裕斗はそう願ったのだった。

十二月に入ってすぐ、いつものバーで宇佐美と落ち合った。

「例の件、思いがけなく面白いことが分かったぞ」

宇佐美がビジネスバッグからファイルを取り出して差し出した。

麻衣子から、別れを決めた事情を聞いてすぐに、宇佐美に藤倉議員の近況の調査を依頼しておいたのだ。彼女には言わなかったが、終わったことと言い切れないから用心する必要があると考えた。

それほど相手は悪質だ。

裕斗との関係を絶つように強要したのは、おそらく裕斗の祖父が元政治家で広い人脈を持っているからだ。麻衣子から裕斗にそして祖父に、藤倉議員の息子の罪を知られるのを避けたかったのだろう。

しかし人を脅迫するリスクを負ってまですることだろうか。失敗した場合、藤倉議員がダメージを負う。選挙前とはいえ息子に罪を認めて償わせた方が合理的ではないだろうか。

裕斗は報告書に目を通す。次の瞬間息をのんだ。

「これは……」

裕斗の反応を見て、宇佐美が得意げに微笑む。

「息子はかなりの問題児みたいだな。上手くもみ消してきたから、息子の事故に絞って調べないと気づかないが、麻衣子さんの母親の状況から辿ったら次々と過去の悪事が発覚したよ」

宇佐美が言う通り報告書には麻衣子の母親以外の名前が何人も記されている。しかも最後の被害者は偶然にも裕斗の同僚である相場だ。

(相場が言っていた政治家は、藤倉議員だったのか)

「かなり悪質だよな」

宇佐美の言葉に頷いた。

「ああ、許せない」

「一度犯行をもみ消したことであとに引けなくなり隠し続けなくちゃならなくなったのかもな。しかし藤倉議員は悪運が強いな。事故の相手が黙っていたから表沙汰になっていないが、もし彼以上の権力者や気が強い相手に当たってSNSで拡散されたら大スキャンダルだ。場合によっては今頃破滅していた」

「ああ、忌々しいが運が味方していたとしか思えない」

裕斗は苛立ちを吐き捨てるように相槌を打つ。

「それで、どうするんだ？　このまま放置するつもりはないだろう？」

「もちろんだ。同僚と協力して対応する」

「同僚？」

「最後の被害者だ。示談に応じる予定だったが、元々正義感が強いやつなんだ。事情を話したら協力すると言うはずだ」

「なるほど。世界は狭いと実感するな……そういえば、近々解散総選挙がありそうだ。藤倉代議士は厳しい戦いになりそうだな。まあ散々息子を甘やかして他人に迷惑をかけてきたんだから自業自得か」

宇佐美が冷笑する。

「ああ、責任を取ってもらおう」

裕斗はグラスを口に運びながら、ファイルをもう一度確認した。

仕事では国際会議の準備を進め、相場と協力して藤倉親子への反撃に動く。

休日は麻衣子と子供たちと過ごした。

麻衣子はかなり心を許してくれるようになり、自宅にも招待してくれた。

同居している妹にも挨拶をし歓迎してもらった。まるで家族の一員になったようで喜びを感じていたとき、子供たちが思いがけないことを言いだした。

「ひろとくんとなつめせんせー、どっちがはしるのはやい？」

大樹が走る速さに拘りを持っていることは気づいていた。彼の中では走るのが速いイコールかっこいい人になるようなのだ。

けれど、〝なつめせんせー〟というワードは初耳だった。

「大樹君、なつめ先生って……」

「ひろとくんとなつめせんせいって、どっちがおにいさん？」

柚樹までもが、なつめについて言い出した。

「なつめ先生って、保育園の先生かな？」

子供たちが日頃接する相手は限られている。先生と呼ばれる相手は更に少ない。

「なつめしぇんしぇいは、はるのおいしゃしゃんなの」

熊のぬいぐるみを大切そうに抱えた小春が言った。

（おいしゃしゃん？ ああ、医者のことか）

小春は乳児の頃に心臓に問題が見つかり、通院していると麻衣子が言っていた。現在も経過観察中だが良好な結果が続いているとのことでほっとした。その後、裕斗は小春の疾患について自分なりに勉強している。

「そうか。小春ちゃんの病院の先生なんだね」

「うん。すごくやさちぃの。はる、なつめしぇんしぇい、だいしゅき！」

小春がぬいぐるみをぎゅっと抱きしめる。その動きがなつめ先生への愛情の強さを表しているようで、裕斗の胸中にもやもやしたものが広がる。

裕斗は小さくため息を吐いてから、努めて笑顔を作り三つ子を見回した。

「なつめ先生と会ったことがないんだ。だからどちらが年上かも、走るのが速いかも分からないな」

「そうなの？」

大樹ががっかりしたように言う。

「……なつめ先生はどんな人なのかな？」

「よく家に遊びに来るのかな？」

自分がなつめ先生について聞き出そうとしているのは自覚していた。子供に対して

何をやっているのだとも思っているが、気になって仕方がない。

すっかり興味を失った様子の大樹に代わり、柚樹が返事をしてくれた。

「うん。えまちゃんとなかよし」

「絵麻さんと？　そうか」

どうやら家族ぐるみの仲のようだ。

「ママともなかよし！」

「そ、そうか」

裕斗は目元がぴきりとひきつるのを感じた。

「なつめしぇんしぇーかっこいいの！　ママもいってたの！」

「……そうか」

小春の無邪気な言葉に、とどめを刺されたような気がした。

子供たちの発言で分かった。

なつめ先生とは、麻衣子と家族ぐるみの付き合いをしており家まで来る親しい仲。

そしてかっこいい男性だ。きっと走るのも速いのだろう。

（もしかして麻衣子と特別な関係なのか？　いや、付き合っている相手はいないと言っていた。だが、そういえば）

再会した日、麻衣子が男性の医師と一緒にいたことを思い出した。

若い男性の医師だった。ただの医師と患者の母親にしては、やけに楽しそうに話していて……。

（もしかして、あの医者がなつめ先生なのか？）

たしかに、裕斗から見ても整った外見の男性だった。麻衣子が「かっこいい」と言っても不思議はない。

「ひろくん、ちろくまたん！」

考え込んでいた裕斗の目の前に、白くてちょっと間抜けな表情の熊のぬいぐるみが現れた。裕斗が小春にプレゼントしたものだ。

元々持っていた茶色の熊のぬいぐるみと合わせて、とても気に入ってくれているらしい。

「ちろくまたんと、あしょぼ？」

「あ、ああ……そうだね」

麻衣子となつめ医師の関係が気になって仕方がない。

けれど、麻衣子に直接聞いていいものだろうか。

過去のことをあれこれ追及するのは、心が狭すぎないだろうか。

小春とぬいぐるみで遊びながら延々と考えたが、結論は出なかった。

その後スイスへの出張準備に追われ、結局麻衣子に聞くことができないまま、慌ただしく日本を発つことになったのだった。

最愛の家族

裕斗がスイスから帰国した。

麻衣子はすぐに会えると思っていたが、次の海外出張の予定があるとのことで、話し合いができるのはクリスマス前になるとのことだった。

残念だが仕方がない。麻衣子自身も仕事と子供の保育園行事などが重なり、毎日バタバタしていた。

そんな中、小春の定期健診の日がやってきた。

夏目に会うのは、麻衣子の自宅で一緒に夕食を取った日以来だ。

珍しく小春が体調を崩さなくて病院に行く機会がなかったのと、夏目から定期的に来ていた様子伺いの電話がなかったからだ。

だから夏目に会う前は気まずさを感じた。

裕斗とよりを戻すつもりでいることを伝えるべきだと思うが、聞かれてもいないのに自分から話すのも気を回しすぎな気がする。

そもそも夏目からは父親になると言われただけで、麻衣子について言われたわけじゃないのだから。

気まずい麻衣子とは対照的に、彼はいつも通り笑顔で出迎えてくれた。

「小春ちゃん、こんにちは」

「なつめしぇんしぇい、こんにちは」

小春がぺこりと頭を下げる。

「久しぶりだね。元気にしてた？」

「うん、きょう、けんしゃしゅるの？」

「ああ、そうだよ。いつも通りの検査ですぐに終わるからね。じゃあ向こうの部屋に行こうか」

彼は小春を連れて、隣の部屋に向かう。麻衣子に向ける視線もいつも通り。

どうやら麻衣子が身構えていただけのようだった。

「今回も問題はなかったよ。この調子だと小学校に上がる頃には検査の必要はなくなりそうだ」

「本当？」

うれしくて、つい大きな声をあげてしまう。

「ああ。安心していい」

「よかった……ありがとう」

「俺は大したことはしてないよ。小春ちゃんが頑張ったからだ」

「そんなことないよ。夏目君が小春の担当医でよかった。本当に心強く思ってた」

麻衣子の言葉に、夏目が困ったような微笑を見せる。

「これからも信頼に応えるようにしないとな」

夏目はそう言うと、麻衣子から目をそらし、電子カルテに素早く入力をする。

「……彼とは上手くいっているのか？」

「あ……うん」

夏目が言っているのは、間違いなく裕斗のことだ。小春がいるからははっきり言わないが、裕斗が子供たちと会っているのを、おそらく絵麻から聞いているのだろう。

「麻衣子と小春ちゃんたちが幸せそうでよかった」

「夏目君……」

変わらずに接してくれる、彼の優しさがありがたかった。

でも夏目との会話は、胸がちくりと痛むものだった。それは彼の笑顔が悲しそうに見えるからだ。

絵麻が言っていた通り、彼は麻衣子に好意を持ってくれていたのだろう。

それでも麻衣子と子供たちを応援してくれている。

（本当に優しい人……いつか絵麻の気持ちが叶うといいのだけど）

それはふたりの問題で、麻衣子は静観することしかできない。

ただ大切な人たちに幸せになってほしいと願うだけだった。


帰宅すると、絵麻が昼食を作って待っていてくれた。

メニューは三つ子が大好きなハンバーグランチ。

「えまたんの、ハンバーグ！」

小春はテンションを上げて、ダイニングテーブルに向かう。

「絵麻、ありがとう」

「最近、子供用のメニュー開発をしているから試作もかねて。食感が柔らかめでソースが甘めで小さい子でも食べやすいようになっているの。お姉ちゃんはさっぱりした和風ソースにしておいたよ」

「ありがとう……あっ！」

「どうしたの？」

「小春の上着を置いてきちゃった……多分、会計のときだと思う」

小春が暑がって脱いだのを手に持っていたのだ。車で行ったため小春が寒がらなかったのもあって、気づかずにそのまま帰ってきてしまった。

「久しぶりに、やっちゃったなあ……取りに行ってくるから先に食べていてくれる?」

「分かった」

子供たちを絵麻に任せて、麻衣子は車で病院に戻る。

会計があるロビーのソファを見て回ったが、見当たらない。

「あ、そういえば、休憩スペースに寄ったんだ」

入院患者が見舞い客に会ったり、通院患者が少し休むためのスペースで、丸いテーブル席やソファが設えられている。

病院特有の素っ気ない雰囲気ではなくて、フェイクグリーンなどで癒しの空間が演出されているため小春はときどき寄りたがる。

今日はそこの自販機で販売しているアイスを見たいと言い出したのだ。

結局見ただけで気が済んだようで、買わなかったのだけれど。

急ぎ足で休憩スペースに向かうと、思った通り小さなピンクのコートがソファの上に置き去りになっていた。

「よかった、見つかった」

麻衣子はコートを手にして、休憩スペースを出ようとした。けれどふと思い立って自販機まで戻る。子供たちにアイスを買っていってあげようかと思い立ったのだ。

けれどそのとき、思いがけなく見覚えのある後ろ姿が視界に入った。

「え……裕斗さん？」

大きなフェイクグリーンの向こうに、裕斗の姿があった。

（どうしてここに？　忙しいって言ってたのに。あ、そういえば同僚が入院しているって……）

スーツ姿だから、仕事の途中にお見舞いに来たのだろうか。

「わあ、すごい偶然」

うれしくなって声をかけようと近づいた麻衣子は、途中でぴたりと足を止めた。

裕斗が女性とふたりでいたからだ。

淡いグリーンのワンピースに、ベージュのウールのコートを着た、可愛らしい雰囲気の女性だ。年齢は麻衣子と同じくらいだろうか。

裕斗とはずいぶん親しいようで、明るい声を立てて笑っている。

なんだか割り込めない空気を感じる。

麻衣子は思わず、裕斗に見つからないように自販機の陰に身を隠した。

（あの女性は誰だろう。入院患者ではないよね。かなり親しい様子だけど）

耳を澄ますと楽しそうな女性の声が聞こえてくる。

「当分は本省勤務だから、結婚式はこっちであげられてよかった」

声質の問題なのか裕斗の返事は聞こえてこない。しかしかなりプライベートな内容を話しているのは分かる。

「私はあまり華やかな式は好きじゃなくて、厳かな雰囲気の神社がいいのだけど、仕事柄仕方ないのは分かってるの。でもその分新居については我儘《わがまま》を言わせてもらうから」

ひやりと冷たいものを飲み込んだような気分になった。

（今の……どういうこと？）

会話の意味を完全に理解したわけではないが、彼女と裕斗が結婚するような流れに思える。

足元から不安がこみ上げる。

麻衣子はふらふらとその場を離れた。

動揺が激しかったが、機械的に足を動かして駐車場まで急ぐ。

ミニバンのドアを開けて、運転席に座ってハンドルに突っ伏した。

（あの女性は誰なんだろう……裕斗さんと結婚の話をしているなんて）

彼の口から麻衣子以外の女性の話題が出たことは、一度もない。

再会してから裕斗はずっと麻衣子とやり直したいと言ってくれていたから、他の女性がいるなんて、考えたことがなかったのだ。

それだけにショックが大きい。それに。

（私、どうして逃げ出しちゃったんだろう……）

あの場で本人に聞けばよかった。彼女との話が終わるのを待ってから声をかけることはできたはずだ。

こんなに気にしてうじうじ落ち込むくらいなら、はっきりさせるべきだった。

意気地なしの自分が情けなくていやになる。

（……でもまだ休憩スペースにいるかもしれない）

落ち込んでいても仕方がない。麻衣子は気持ちを奮い立たせてミニバンから降りて休憩室に戻った。

けれど、立ち去った後なのか裕斗の姿は見当たらず、後悔だけが胸に残った。

自宅に戻り絵麻が作ってくれたハンバーグを食べてから家事を済ませて、子供たちの相手をして過ごした。

その間、もしかしたら裕斗から電話が来るかもしれないと待っていたけれど、結局電話は鳴らないままだった。

翌日電話がかかって来たけれど、彼は空港に向かっている途中でこれから上司と合流するとのことだったから、さすがに女性との関係を聞くことはできなかった。

その後、彼からの連絡はない。

今回の出張先はベルギーとのこと。ハードなスケジュールらしいから、麻衣子と話す暇などないのは分かる。彼は仕事をしているのだから邪魔をしたらいけないのだとも。

でも不安を感じたまま過ごす時間は苦しくて、何をしていても彼のことばかり考えてしまう。

裕斗からの連絡は、翌日の午後十時過ぎにきた。

麻衣子の自由時間に合わせてかけてきてくれたのだろう。

《麻衣子、今、話せるか？》

「うん、子供たちはもう寝たから」

待ちわびていたか電話にほっとしている一方で、先日の女性とのやり取りを思い出してしまい言葉が続かなくなる。

《そうか。今、可愛い寝顔が浮かんできたよ》

無防備に眠る三つ子たちを思い出しているのだろうか。裕斗の声が更に優しくなった。

「裕斗さんは今移動中なの？」

ベルギーはまだ日中のはず。電話越しに街中にいるような喧噪が聞こえてくるので、外にいるのだと思った。

《ああ。今ホテルに向かってる。その後大使館のスタッフとの会食があって、明日は会議だ》

「慌ただしいね」

今回の出張の目的は、ブリュッセルでの国際会議出席だそうだ。その合間に各国の高官との会談などが入るので、外交官の裕斗たちは休む間がない。だからあまり連絡が取れなくなると事前に聞いていた。

（やっぱり今話すことじゃないよね）

彼らは日本の代表として会議に参加するのだ。その前に心を惑わすようなことを言いたくない。まだ心はざわざわしているけれど、今は彼を応援したい。

「こっちは大丈夫だから、お仕事頑張ってね」

《ああ》

まるで麻衣子の気持ちが伝わったかのように、裕斗がうれしそうな声を出す。

顔は見えないけれど、彼が麻衣子がかけた言葉に喜び、麻衣子を大切にしてくれている気持ちが伝わってくる。

（そうだよね……裕斗さんは私と子供たちを大切に思ってくれている。いつも言葉でも態度でも表してくれているじゃない）

やはりあのときの女性とは、何らかの事情があって会っていたのだ。

考えてみたら麻衣子は会話の一部しか聞いていない。きっと誤解があるのだと思う。

（あまり悪い方にばかり考えないで、裕斗さんを信じなくちゃ）

肝心なことを聞けたわけじゃないけれど、彼と話して前向きな気持ちが生まれてきた。

「裕斗さんが帰国したら……」

なるべく早く会いたい。そう伝えようとしたそのとき、男性の声が割り込んで来た。

《羽澄、ここにいたのか！　お前、まだ緋香里さんに連絡していないそうじゃないか》

男性は苛立っているのか威圧的な大きな声で、電話越しなのにはっきり言葉が聞き取れる。

(ひかりさん?)

おそらく女性の名前だが、裕斗の口からは昔も今も出たことがない。

《今電話中ですから、その件は後で……》

相手は知人のようだが、裕斗の声が小さく何を言っているかまでは聞き取れない。

嫌な予感を覚え、麻衣子のスマートフォンを持つ手に力が入る。

《真剣に結婚を考えるように言っただろう?》

その声が聞こえた瞬間、どくんと心臓が音を立てて跳ねた。

(……結婚?)

一体どういうことなのだろう。裕斗に責めるようなことを言っている相手は誰なのだろう。

状況が理解できない。それでも男性が言う結婚相手が麻衣子ではないことは確かだ。

(ひかりさんって人と結婚の話があるの? もしかして……)

先日病院で会った女性が、ひかりなのではないだろうか。

裕斗と話す様子はとても親しそうだった。それに彼女は麻衣子と違い綺麗に着飾っていて、裕斗と並んでいる様子が自然だった。

（でも、裕斗さんは私と子供たちと一緒にいたいって……）

《麻衣子。上司に呼ばれているから一旦切る》

「あ……うん。分かった」

《ごめんな、あとでかけ直す》

裕斗は早口で言い、通話を切ってしまった。

麻衣子は呆然としたまま、暗くなってしまったスマートフォンの画面を眺めていた。

立ち直りかけた心はあっけなくしぼんでしまった。

（裕斗さん、信じていいんだよね……？）

彼にはっきりそう言ってほしい。そうでなければだめになってしまいそうな気がするのだ。

気力を失ったように、麻衣子はしばらくその場から動くことができないでいた。

不安なまま三日が経った。

タイトなスケジュールをこなす裕斗とは時差もあることから電話で話すことができないままだ。

今日帰国予定のはずだけれど、詳しいスケジュールは知らされていない。

(私には教えてくれないけど、ひかりさんには到着時間まで連絡してるのかな)

いじけたようなことを考えてしまう自分が情けない。

そんな中でも好きな仕事があってよかったと思う。

お客様の要望に応えるために、真剣に考えて一番相応しいと思うアレンジをする。出来上がった花束を見てお客様が喜んでくれたときが本当にうれしくて、ますますやる気が湧いてくるのだ。

いつもよりも混雑し慌ただしく過ごしていると、あっという間に就業時間を過ぎていた。

「お先に失礼します」

午後四時三十分。麻衣子と入れ違いにやってきたスタッフに簡単な引き継ぎ事項を伝えてから大急ぎで店を出る。いつはショッピングモール内で食材を買うのだけれど、今日は結構残業したので時間がない。麻衣子は小走りに駐車場に向かい、なんとか保育園のお迎え時間ぎりぎりに滑り込み三つ子と共に帰宅した。

チャイルドシードから小春を下ろしているところに、絵麻が早めの帰宅をした。

「えまたん!」

麻衣子に抱っこされた小春が笑顔になる。

「えまちゃん、かえってきたの？」

小春の声を聞いた大樹と柚樹が、車から自力で降りてくる。

「今日はお仕事が早く終わったみたいだね」

いつもは帰りが遅い絵麻が早くに帰宅する日は、三つ子のテンションが一気に上がる。

「だい、ゆず、はる、ただいま！」

「えまちゃん、おかえり！」

「おかえりなしゃい」

三つ子が吸い寄せられるように絵麻の方に向かっていく。

ちょこちょこ動く小さな後ろ姿を微笑ましく眺めいたとき、「麻衣子」と背後から声がした。

「え？　……夏目君、どうしてここに？」

聞き馴染みのある声に振り向いた麻衣子は、驚きの声をあげた。

「麻衣子に話があるんだ。電話したんだけど出なかったから直接来た」

「あ……ごめん、仕事の後急いでいて着信の確認をしてなかった」

「忙しかったんだな。それなのに急に来てごめんな」

夏目が申し訳なさそうに言う。

「大丈夫だよ……あの、話って何かあったの？」

「それは……」

「あ！　なつめせんせーだ！」

夏目の発言を遮るように、大樹が高い声を上げて柚樹と共にこちらに駆け寄ってきた。その後を小春がちょこちょこ付いてくる。

「なつめせんせい、こんばんは」

柚樹が二歳半とは思えないしっかりした挨拶をする。

「なつめしぇんしぇー、こんばんは」

小春も柚樹の真似をしてペコリと頭を下げる。

その様子に夏目は一瞬困ったような表情になった。

「大樹くん、柚樹くん、小春ちゃんこんばんは」

すぐにいつもの優しい表情に戻ったけれど、どことなく様子に違和感がある。

「お姉ちゃん、三つ子は私が見てるから夏目先生と話してきたら？」

「……うん。お願いします。みんなママは少し出かけてくるから絵麻と一緒に待っててね」

絵麻に負担をかけるようで申し訳ないが、夏目がわざわざ家まで来たのは大切な用件があるからだと思った。子供たちにいい子で待っているように言い聞かせる。それから夏目に目を向けた。

「夏目君、外でも大丈夫？」

「ああ、そこの公園に行こうか」

夏目に頷き移動しようとしたところで、後ろから騒がしい声がする。

「ぼくもこうえんいく！」

夏目の声が聞こえてしまったようで、大樹が一緒に行きたいと駄々をこねている。

「大樹はお留守番！　みんなで美味しいご飯を作って食べようね！」

「ごはん？」

絵麻の言葉で大樹の関心が移ったのにほっとしながら、麻衣子と夏目は足早にその場を離れた。

自宅から徒歩で五分ほどの小さな公園に着くと、空いているベンチに腰を下ろした。

日中は近所の子供たちで賑わっているが、今は小学校高学年くらいの男の子ふたりがバスケの練習をしているだけだ。住宅街の中にあるので各家からの明かりや街灯でわりと明るく危険は感じない。

「夏目君、あの、話があると言ってたけど、何かあったの？」

「ああ……」

夏目の声が僅かに震えた。

「以前、俺が子供たちの父親になると言ったのは、覚えてるか？」

「……うん」

心臓がどくんと跳ねるのを感じながら麻衣子は頷いた。ふたりの間を流れる空気がたちまち重くなった気がする。

「あのときは曖昧なまま終わらせてしまったけどはっきり伝えたいと思ったんだ……俺は麻衣子に友情以上の気持ちを持っている。前向きでいつも笑顔でいるところや、本当はそんなに強くないのに人に頼れない不器用なところにも、いつの間にか惹かれて目が離せなくなって好きになっていた。だから、俺が幸せにしてやりたいと思っていた」

「……夏目君」

彼の言葉から真摯な想いが伝わってきて、麻衣子は膝の上に置いた手をぎゅっと握った。

再会してから彼にたくさん助けられた。小春の具合が悪くなって不安だったときや、大樹と柚樹が遊び回って怪我をしたとき。医師として病気を治すだけでなく精神的にもずっと支えてくれていた。

「麻衣子が今でも子供たちの父親を想っているのは分かっている。それなのに気持ちを伝えたのは、俺の自己満足だ。黙ったままだといつまでも諦められそうになかったから……困らせてごめんな」

「ううん。夏目君は全然悪くない……でもごめんなさい。夏目君には心から感謝しているけど応えられない」

彼には本当に感謝している。だから同じ気持ちで応えられないことがとても苦しくて胸が痛い。

それでも、どうしてもこれだけは受け入れられないのだ。

(私は裕斗さんじゃないとだめなんだ……もし彼が他の人を想っていたとしても)

麻衣子の明確な返事に、夏目が柔らかく目を細めた。

そのとき。

「麻衣子!」

聞きなれたでもいつもよりも固い声が耳に届き、麻衣子は驚きに目を見開いた。

声の方に目を向けると公園の入り口にここにいるはずがない裕斗がいて、足早に近づいてくるところだった。

彼はストライプのスーツ姿でキャリーケースを手にしている。

いつ帰国したのか。なぜここにいるのか。聞きたいことはたくさんあるのに驚きすぎて言葉がなかなか出てこない。

裕斗の表情がいつになく強張っているというのもある。

「麻衣子、彼が？」

夏目が小声で聞いてきた。裕斗の名前は出していないが雰囲気で察したのだろう。

「あ、うん……」

「麻衣子、彼は知り合いか？」

裕斗が麻衣子と夏目の様子を見て言った。麻衣子は頷き口を開く。

「裕斗さんお帰りなさい。こちらは私の友人で小春の主治医もある夏目涼介さんです。夏目君、彼が羽澄裕斗さん……子供たちの父親です」

このタイミングでふたりが会ってしまったことに気まずさを感じる。裕斗と夏目がどんな態度をとるか分からなくて心配になる。

先に反応したのは裕斗だった。

「夏目先生にはいつも大変お世話になっていると聞いています。私からもお礼を申し上げます」

裕斗は柔らかな笑顔で夏目に話しかけた。彼には今まで夏目のことを話していなかった。小春の主治医というだけでなく友人だと知り驚いているだろうに、ちっとも態度に表れていない。

「いえ礼など必要ないですよ。医師として友人として当然のことをしているだけです」

夏目も柔和な表情で返す。いつだったか三つ子たちをずっと放っておき無責任だと裕斗に対して反感を持っていたが、今はそんな気配は微塵も窺わせない。

「それでも感謝をさせてください。小春が今健やかにしていられるのはあなたの力が大きいのだろうから……麻衣子も心強かったでしょう」

そう言った裕斗の表情に一瞬影ができる。

「これからはどうするおつもりなんですか？」

夏目が僅かな沈黙の後に告げた。咎めるような厳しさを感じる声音だった。

「一生かけて麻衣子と子供たちを守っていきたいと思っています」

裕斗は夏目を見返しながらはっきり言い切る。迷いのないその言葉に、麻衣子は息を呑んで裕斗の凛々しく真剣な顔を見つめた。

（私と子供たちの側にいてくれるの？　でもひかりさんとの結婚はどうするの？）

責任を感じてくれているのかもしれないが、両立することなんて無理だ。

それとも彼は本当に麻衣子と子供たちだけの側にいてくれるのだろうか。

「……俺が心配する必要はないみたいだな」

戸惑う麻衣子の耳に、夏目の少し寂しそうな声が届いた。

視線を上げると夏目と目が合った。

「よかったな」

「あ……」

ありがとうと口にすることができなくて、口ごもってしまう。

「う、うん。気を付けて」

「俺は帰るよ」

「羽澄さん、今日はこれで失礼します。小春ちゃんのこともあるのでまた後日話ができたらと思います」

「はい。ありがとうございます」

裕斗が礼をして夏目を見送る。麻衣子はその隣で小さくなっていく後ろ姿を見送った。

ふたりきりになると、沈黙が訪れた。

それは彼も同じなのか、お互いの反応を窺っているかのような緊張感がある沈黙。

そんな中、先に話し出したのは裕斗だった。

「さっき帰国したんだ。ここに来る途中に電話をしたけど繋がらなかったから」

「あ、ごめんなさい。お昼休憩の後、スマホを見られなくて」

今更のように着信を確認すると、たしかに彼からの電話とメッセージがあった。

「自宅を訪ねたら絵麻さんからすぐ戻るだろうから家で待つように言われたが、子供たちから夏目さんと公園に向かったと言われて……」

夏目が話があると言っていたのを絵麻も聞いていた。だから彼女は裕斗に家で待つように言ったのだろう。けれど子供たちがそんな気遣いをできるわけがない。

『ママとなつめせんせー、こうえんにいったよ！』

『ママ、すぐもどるっていってた』

『はるとえまたん、おりょーり！』

子供たちがそんなふうに、我先にと裕斗に訴える様子が想像できた。

「子供たちがいるところでは話ができなかったから」

「そうだろうとは思っていた、だがふたりきりでいると思うと居ても立ってもいられなくなったんだ……麻衣子は彼が好きなのか？」

「え？」

「子供たちの話から彼とは家族ぐるみの付き合いだと知っている。ふたりの様子を見て、麻衣子が彼を信頼しているのも分かった」

「うん……さっきも言ったけど夏目君は高校の頃の同級生なの。小春の主治医になったのは偶然なんだけど、いろいろ気を遣ってくれていて、絵麻と子供たちとも親しくしているんだ」

でも裕斗が聞いたのは親愛の好きではなく、恋愛感情があるかどうかだと思う。

そんなことを聞かれるのは、麻衣子の態度に誤解されるようなところが見えたからだろうか。

「夏目君には感謝しているけど、昔も今もそれは友人としての好意だよ」

裕斗の目を見てはっきり否定した。麻衣子が焦がれるように恋をしたのは人生で彼だけだから。

「……はあ」

裕斗が緊張が解けたときのような深いため息を吐いた。

「裕斗さん？」

「……ほっとした」

「え？」

「彼は俺が何もしてやれなかったときも麻衣子と子供たちを支えてくれていた。感謝しているよ。それなのに麻衣子たちの信頼を得ている彼にどうしようもなく嫉妬したんだ」

「……嫉妬？」

麻衣子から見たらいつも輝き活躍を続けているように見える彼が、嫉妬を感じていたなど信じられなかった。

「ああ、情けないが嫉妬した。さっきも必死に感情を押さえて取り繕っていた」

「うそ……」

「嘘じゃない。それほど麻衣子を愛してるんだ。他の誰にも渡したくない。感謝するべき相手でも譲れないんだ」

裕斗が麻衣子を見つめながら言う。

真摯で熱の籠った彼の眼差しにどくんと心臓が音を立てた。

愛してると言った彼の声が心に響き、全身に舞い上がるような喜びが広がっていく。

もう気持ちを抑えることなんてできない。

「わ、私も裕斗さんが好き。別れてからも忘れたことなんて一度もなかった」

その瞬間、裕斗が息をのむ様子が伝わってきた。

「俺と……もう一度やり直してくれるのか？　信じてくれるのか？」

麻衣子が好ましく感じる彼の低い声はいつもと違い動揺が滲んでいる。

「子供たちのこととかいろいろ考えたらなかなか決断できなかっただけで、本当はもうずっと前から裕斗さんを信じてた。でもこの前病院で裕斗さんが女の人と一緒にいるのを見たら不安で自信がなくなった」

「病院？　なんの話だ？」

裕斗が怪訝そうな声をあげた。

「裕斗さん出張に行く前に小春を病院に連れて行ったとき、休憩室で裕斗さんが女性と話しているところを偶然見かけたの。すごく親しく見えて声をかけることができなかった……あの人は裕斗さんとどんな関係なの？」

悪気はなかったけれど、盗み聞きをしたことになるので、結婚の話をしていたことを聞いたとまでは言い出せなかった。

「……ああ。それは同僚の相場を見舞った帰りのことだと思う。一緒にいた女性は同僚の婚約者だ」

「……え？」

麻衣子は思わずぽかんと口を開けた。

（同僚の婚約者？）

「あの、それにしては仲良く話していたように見えたんだけど、裕斗さんの友達でもあるの？」

「会ったのは三回目だ。社交的な人だから親しく話しているように見えてしまったんだな」

心配そうな裕斗の声に、麻衣子は気まずさを感じながら頷いた。

「うん……とても楽しそうに話していたし、実は話が少し聞こえてしまって、結婚の話題だったから、もしかしたら裕斗さんは彼女との結婚を考えているのかもしれないって……」

「彼女が話していたのは相場との結婚のことだ。麻衣子と子供がいる俺が、他の女性との結婚を考えるわけがないだろう？」

よほど驚いたのか、裕斗が珍しく声を大きくする。

「で、でもベルギーからの電話のときも、一緒にいた人がひかりさんって人との結婚の話をしていたから……裕斗さんがふたたみたいなことをする訳ないんだけど、動揺しちゃって冷静に考えられなかったの」

彼は焦った顔で麻衣子の肩を掴んだ。

「詳しくは後で説明するが誤解だ」

「誤解？」

「ああ。あのとき一緒にいたのは上司で、部下に縁談を勧めてくる少しお節介な人なんだ。緋香里さんは上司が懇意にしている相手の娘で俺は関わりがない相手だ」

麻衣子は、はっとして目を見開いた。

(病院で見かけた女性とひかりさんは別人だったんだ)

「……それじゃあ、ひかりさんとの結婚って話は、上司が勝手に言ってるだけなの？」

「そうだ。誰が相手でも見合いはしないとはっきり断っている。俺が結婚したいのは麻衣子だけだから。ただ麻衣子から返事を貰う前に、将来を考えている相手がいるとは言えないだろ。だからなかなか引いてもらえなかった」

「それじゃあ、私がもっと早く裕斗さんとやり直すって返事をしていたら誤解することもなかったんだ……」

裕斗も見合いを強要される煩わしさから解放されていたということだ。

「勝手に誤解して落ち込んで……私ってばかみたい」

自己嫌悪に凹みそうになる。ところが裕斗はうれしそうに目を細めた。

「もしかして嫉妬した？」

「う、うん……そうだと思う」

彼が真摯にやり直しを願ってくれたから、麻衣子の間違いを受け止め許してくれたから、いつの間にか彼との未来を夢みるようになっていた。

だからとてもショックだった。

（裕斗さんを他の人に譲りたくないと思った）

我儘だとしても、気持ちを止められなくて、彼への想いが溢れていった。

「困ったな。麻衣子に心配をかけたのに、嫉妬してもらえてうれしいと思ってる。だがこれからは不安になんてさせない。俺には麻衣子しかいないと嫌というほど分からせるつもりだ」

「裕斗さん……」

裕斗の深い愛を感じ、頬が火照る。

裕斗の腕が麻衣子の背中に回る。そっと抱き寄せられて彼の腕に包まれるように収まった。

どくんどくんと心臓が音を立てる。久々に感じる彼の温もりに感情が込み上げ目の奥が熱くなる。

失っていたものを取り戻した。ようやくここに戻ってこられたと感じる。

裕斗の腕の力が増しぎゅっと強く抱きしめられる。

「麻衣子……もう二度と離さない」

彼の声は感極まったように掠れていた。

「うん……」

麻衣子は幸せな気持ちで裕斗の声を聞きながら目を閉じた。


翌日。仕事から帰宅した麻衣子はいつも以上にてきぱきと三つ子の夕食と入浴を済ませ、絵本を読んで寝かしつけをした。

幸い三人ともぐずらず眠ってくれたのでほっとした。

この後、裕斗と会う約束をしている。昨日の帰り際に今夜、一緒に過ごそうと彼から誘ってもらったのだ。

帰宅するまでの間は、絵麻にお願いした。

久しぶりのおしゃれをして、胸をときめかせながら裕斗の迎えを待つ。

「絵麻、面倒かけちゃってごめんね。三時間くらいで帰って来るから」

「久しぶりのデートなんだから朝までゆっくりしてきなよ。子供たちは最近朝までぐっすりだし大丈夫だよ」

「でも、それじゃあ絵麻に悪いし」

「そんなの気にしないでいいよ。私はなんだかんだいって自由に出かけているんだから。でもお姉ちゃんは出産してから一度も遊びに行ったことがないでしょう？　ずっと子供のために生きてきた。少しは好きなことをしてもいいんじゃない？」

「絵麻……」

「お姉ちゃんはいい母親だよ。一度くらい朝帰りしたってそれは変わらない、私が保証するよ」

絵麻がはっきりと宣言する。

「ありがとう」

彼女の気持ちがうれしくて、麻衣子は笑顔で頷いた。

約束の時間ちょうどに裕斗が迎えに来てくれた。

「お待たせ」

裕斗が醸し出す空気が、いつもより甘く感じられる。

胸がくすぐったくなるのを感じながら、麻衣子は微笑んだ。

彼のエスコートで乗り込んだ車は黒のセダンで、エムブレムは見覚えのある高級外車のものだ。

「どこに行くの？」

「周囲を気にせず話ができるようにホテルの部屋を取ったんだ。食事はルームサービスにしようと思うがいいか？」

「うん、大丈夫」

麻衣子はどきどきと鼓動が高鳴るのを感じながら答えた。

高速に乗り都心のホテルに着いたのは、麻衣子の自宅を出て四十分後のことだった。

麻衣子がしり込みしそうなラグジュアリーホテルで、フロントにはいかにも品のあるコンシュルジュが並んでいる。

チェックインをして案内された部屋は、息をのむほど美しい夜景が望めるスイートルームだった。

「すごい部屋……」

「今日は麻衣子とやり直す記念の日だ。思い出になる時間にしたいんだ」

裕斗がそっと目を細める。途端に男の色気が溢れ出す。彼に見惚れてしまい目がそらせない。

「麻衣子、愛してる。ずっとこの日がくるのを願っていた」

裕斗が麻衣子をそっと抱きしめて、耳元でささやく。

「私も……私も裕斗さんを愛してる。あのとき酷いことを言ってごめんなさい。それなのに私をずっと想ってくれてありがとう」

心からの想いを伝えると、裕斗の麻衣子を抱きしめる腕の強さが増して、ふたりの距離がゼロになる。

三年ぶりの彼の体温と広い胸の逞しさ、腕の強さを感じて麻衣子はぎゅっと目を閉じた。胸がいっぱいで涙が溢れそうになる。

ドクンドクンとお互いの心臓の音がする。やがてそれは混ざり合い、どちらのものなのだか分からなくなる。

「麻衣子」

彼の声がして顔を上げると、ふっと優しく微笑まれた。

うれしさを感じる間もなく、美麗な顔が近づいてきて唇が重なり合う。

「んっ……」

久しぶりのキスに、麻衣子の胸は痛いほど高鳴る。

初めはゆっくりと、それから大胆に裕斗は麻衣子の唇を奪う。

「んんっ……」

想いをぶつけてくるようなキスに、麻衣子の体からは力が抜けて、その場に崩れ落ちそうになってしまう。

（裕斗さん、大好き……）

ずっと抑えていた恋情は今燃え上がり、もう止めることなんてできそうにない。

それは裕斗も同じようで、麻衣子を抱き上げて、ベッドに向かう。

広いベッドに降ろされる。同時に裕斗が覆いかぶさってきて、大きなベッドがぎしりと音を立てた。

それからは言葉はいらなかった。

ただひたすらお互いを求め合う。

彼の手が肌に触れると、鼓動がドクドクと乱れ始める。

「……あ」

忘れかけていた切ない感覚が蘇り、麻衣子は身じろぎする。

裕斗の目には男の欲情が宿っていた。それでも彼の手は優しく麻衣子の肌を暴いていく。

服を脱がされて、ブラとショーツだけになったとき、麻衣子は恥ずかしさにぎゅっと目を瞑った。

「裕斗さんお願い、明かりを消して」

裕斗は麻衣子の願い通り、寝室の明かりを落としてくれた。それでもまだお互いの姿を見ることができる。

「どうしたんだ？」

裕斗が麻衣子の肌に触れながら、尋ねてきた。

「……恥ずかしくて。昔よりスタイルが崩れちゃってるし」

子供を産んだ後、体重は自然と戻ったが、体型は確実に変化している。妊娠線だって完全には消えていないし、肌のはりも衰えているだろう。

裕斗が知っている麻衣子とは確実に違っているはずだ。

「麻衣子は綺麗だ」

裕斗が麻衣子の髪をひと筋掬って口づける。

「そんなことない、子供を産んだんだもの」

「俺の言うことが信じられないのか？」

裕斗が麻衣子の顔を覗き込む。

「そんなことない」

裕斗がふっと、美しく笑った。

「それなら余計な心配はするな。麻衣子は綺麗だ。俺にとって誰よりも大切な人だ」

裕斗は言葉の通り、麻衣子をまるで宝物のように大切に触れて、ゆっくり体を開いていった。

じらすように肌に触れて、麻衣子が困惑の声をあげると、うっとりするような魅惑的な笑みと共に顔を寄せてくる。

うっとりした思いで口づけを受け入れると、彼の舌が麻衣子の唇を優しく突き、口内に侵入してくる。

「あっ……」

濃厚な感覚に体が震える。

息が苦しくなり身を捩ろうにも、いつの間にか身動きが取れないほど強く抱きしめられている。

熱を持った舌は麻衣子の口内を探り、見つけ出した舌に絡む。

その瞬間、ぞくぞくした刺激が背中を駆けあがった。

裕斗は角度を変えながら何度も唇を奪い、麻衣子の思考を真っ白にする。

「うっ……ん……」

いつの間にか、下着は取り去られていて、麻衣子は生まれたままの姿で裕斗に組み敷かれていた。陶酔感に侵されながら、与えられる刺激に身を任せている。

首元にちりっと刺激を感じるようなキスをされ、腹部から太ももまでを熱を持った手が撫でていく。

「あっ……裕斗さん待って」

「待てない」

裕斗は麻衣子の制止の声が本気ではないと分かっているのだろう。

胸元に唇を這わせて、麻衣子に淫らな声をあげさせる。

これまでとは比べ物にならない刺激が、胸から全身に巡っていく。

裕斗は麻衣子のすべてを確かめるように、愛撫を続け、やがてすっかり潤った中に押し入ってきた。

「麻衣子、二度と離さない」

「あっ！　……ああ……」

目の前が真っ白になって何も考えられなくなっていく。

ただ、彼への想いだけを叫び、麻衣子は意識を手放した――。

気が付くと、裕斗に抱きしめられていた。

お互い何も身に着けておらず、肌の感覚が直に伝わってくる。

「目が覚めた？」

裕斗が愛おしそうに目を細める。

「あ……うん。私、寝ちゃってたんだね」

「三十分くらいだけどね」

裕斗が麻衣子の乱れた髪を直してくれる。

「ありがとう……んっ」

微笑んでお礼を言うと、唇を塞がれた。

そのまま深いキスに進んでいく。

しばらくすると裕斗が名残惜しそうに体を起こした。

「ようやく麻衣子を取り戻したと思うと、離したくないな」

「……今日はもう少しゆっくりできるの。子供たちは絵麻が見てくれていて」

「本当か」

裕斗がうれしそうに、麻衣子の頬に顔を寄せる。

麻衣子もくすくすと笑いながらキスを受けようとして——ぐうとお腹が派手に鳴った。

裕斗が目を丸くしてぴたりと動きを止める。麻衣子はかあっと頬を染めた。

「ご、ごめん！」

（こんなときに、爆音を立てちゃうなんて）

裕斗と食事をするつもりで、何も食べていなかったのがよくなかった。

慌てる麻衣子に裕斗が楽しそうに笑う。

「ルームサービスを頼もうか。食事にしよう」

「うん」


食事が届くまでに、さっとシャワーを浴びて汗を流した。

スキンケアをしていると、裕斗が頼んでくれた料理が届く。

夜遅いため重いコースではなくて、リゾットとサラダなど。

高級ホテルだけあって、どれも絶品で最高だった。

食後はシャンパンを開けて乾杯をした。

ダイニングの窓の向こうには華やかさと迫力さに溢れる夜景が広がり、まるで別世界にいるような感覚に襲われる。

景色を眺めてしばらくすると裕斗が口を開いた。

「麻衣子に話しておくことがあるんだ」

「これからのこと？」

「それもあるが、麻衣子たちが転居する原因になった藤倉氏のことだ」

「え？」

動揺する麻衣子を、裕斗がそっと抱きしめる。

「藤倉議員と息子を告発することにした。二度と麻衣子のような被害者が出ないように。麻衣子のお母さんの事件については既に示談にしているから慰謝料を取れないが」

「慰謝料よりも、そんなことをして裕斗さんは大丈夫なの？　藤倉議員から嫌がらせをされたりしないの？」

「上手くやるから大丈夫だ。麻衣子と同じように被害に遭った協力者もいるんだ」

「そんな……」

「麻衣子はどうしたい？　報復の不安などは今は考えず気持ちを教えてほしい」

裕斗が麻衣子をまっすぐ見つめる。大丈夫だと信じてほしいと訴えているようだと思った。

「私は……」

もし心のまま願いを言っていいのなら決まっている。

「あの人たちの被害者がこれ以上でないようにしたい。絵麻も亡くなった母もきっと同じように言うと思う」

裕斗の目に優しさが宿る。

「分かった。必ず正当な裁きを受けてもらおう。麻衣子はもう何も心配しなくていい。子供たちにも絵麻さんにも二度と近づけさせないから。もう大丈夫だ」

力強い宣言に彼の自信が表れていた。きっと大丈夫なのだろう。藤倉議員に脅かされていた日々は近い内に終わるのだ。

「ありがとう……ありがとう裕斗さん」

麻衣子の中に最後まで残っていた後悔が解けて消えていく気がした。

新しい年の始まり。

裕斗が新年の挨拶に、麻衣子の家にやってきた。

いつもよりもおめかしをした三つ子が、裕斗を出迎える。

「えっと、あけましておめでとー！」

大樹が元気いっぱいに声をあげる。

「しんねんあけましておめでとうございます」

柚樹がしっかりと挨拶をする。

「ちんねん、あけまちてっ……」

噛んでしまって最後まで言えなかった小春ががっかりしたように眉を下げる。

裕斗はそれぞれの個性に溢れた挨拶を、くすりと笑って受け止めた。

「あけましておめでとう」

裕斗は三つ子ひとりひとりに挨拶をしてお年玉を渡すと、少し離れた場所で見守っていた麻衣子と絵麻に目を向けた。

「麻衣子、絵麻さん、あけましておめでとうございます」

「あけましておめでとうございます」

「あけましておめでとうございます。裕斗さん中にどうぞ。お節を用意したんですよ」

絵麻が気さくな様子で言う。

もう何度か顔を合わせて、裕斗と絵麻はだいぶ打ち解けていた。

「お節か。もしかして絵麻さんの手作りか？」

「ええ。お姉ちゃんと一緒に作りました」

「私は手伝っただけだよ」

絵麻が作ったお節をみんなでおしゃべりをしながら食べる。

食事を終えて、子供たちが落ち着いたタイミングで、麻衣子は三つ子に呼びかけた。

「だい、ゆず、はる。こっちに来てくれる？」

「ママ、なーに？」

三つ子がすぐにやってくる。

三人並んで不思議そうな顔で見上げてきた。

麻衣子は緊張を覚えながら裕斗をちらりと見遣り、そして口を開いた。

「今日は三人に大事な話があるの」

「だいじなはなち？」

小春が、こてんと首をかしげる。

「そう。ちゃんと聞いてね」

「はい！」

よい返事が返ってくる。麻衣子は緊張しながら口を開く。

「裕斗さんはね、だいとゆずとはるのお父さんなの」

三人が無言で裕斗を見つめる。

「……おとうさん？　パパ？」

緊張を破って声を出したのは柚樹だった。

「ぼくのパパ？」

大樹も目を丸くしている。

「パパ……」

小春がぽつりと呟いた。

「ああ、そうだ。君たちのパパだ」

裕斗が膝をつき、語り掛ける。

「パパ！」

大樹が裕斗に抱き着いた。

「ぼくも！」

「はるも！」

柚樹と小春も大樹に負けじと続いて抱き着く。

子供たちが受け入れられるか心配だった。けれどそれは杞憂で、輝くような笑顔が裕斗を囲んでいる。

まるで生まれたときから親子だったような温かくて愛が溢れる光景に、熱いものがこみ上げて視界が滲む。情けない声が出ないように手で口を押さえたとき、絵麻が麻衣子の肩をぽんと叩いた。

「お姉ちゃん、よかったね」

「絵麻……うん、ありがとう」

雨村家のリビングに、明るい笑顔が溢れる。

それは幸せな新年の始まりを予感させるものだった。

決着　裕斗ｓｉｄｅ

新年初出勤日。

「結婚？」

裕斗の上司である外務省欧州局政策課課長である粕屋が、信じがたいものを見るようにぎょっとした顔をした。

結婚報告をした裕斗に対しての反応だ。

「ちょ、ちょっと待て。結婚ってどういうことだ？　そんな予定はないって言ってたじゃないか」

粕屋は裕斗と参議院議員令嬢との見合いをまとめようと躍起になっていた。裕斗は結婚は考えていないと突っぱね続けていたから粕屋が驚くのは無理もない。

しかし裕斗は素知らぬ顔でさらりと言った。

「状況が変わりました。今月中に婚姻届を提出し、式もなるべく早く身内だけで挙げようと思っています」

「遠藤議員の令嬢……緋香里さんとの縁談はどうするんだ？」

「その件はとっくにお断りさせていただいています。課長にも近い内に遠藤議員の方から断りの連絡が入ると思いますのでご心配なく」

「ど、どういう意味だ？」

「失礼します」

まだ何か言いたそうな粕屋を置いて、裕斗は仕事に戻った。


早めに仕事を切り上げた裕斗は、その足で埼玉南部にある相場の実家に向かった。

これから相場と事故相手の藤倉議員の代理人で示談交渉をすることになっている。

相場の実家に着いたのは午後六時十五分だった。先方は既に到着していた。

黒檀の長机に、相場と四十代後半の神経質そうな男性が向き合って座っている。

代理人は裕斗が入室すると、怪訝そうな表情でシルバーフレームの眼鏡をかけなおした。

「失礼ですが、あなたは？」

「羽澄と申します」

裕斗が名乗ると、代理人の顔色があからさまに変わった。

「雨村麻衣子をご存じですよね。私は彼女と婚約しました」

「まさかっ」

代理人が思わずといった様子で声をあげる。

麻衣子は裕斗と亜里沙との交流を絶つように、藤倉議員に要求されたと言っていた。

だから婚約は契約違反だと言いたいのだろう。

自分たちの要求が通るのが当然だとの考えが透けて見える。きっと麻衣子に対しても傲慢に接したのだろう。脅しに近い発言もあったかもしれない。

裕斗は苛立ちがこみ上げるのを感じながら、長机に持参した報告書を広げた。

「事故の件で麻衣子と藤倉氏の間で示談を交わしたそうですね。今後その件は私が窓口になります。何かある場合は麻衣子ではなく私に連絡を」

裕斗の言葉に、代理人が驚愕の表情になった。

「困ります。藤倉氏からの連絡は今後も本人に行います！」

「断ります。それにこれからは別件で私とのやり取りが増えるのだから、あなたがたにとっても手間が省けるでしょう」

「それはどういう……」

怪訝そうな代理人を裕斗は冷ややかな目で見た。

「危険運転を繰り返した藤倉議員令息と、それをもみ消した藤倉議員を告発することにした」

「なっ……」

代理人がさっと青ざめる。様子を窺っていた相場が発言する。

「原告は現在進行形で脅迫を受けていた俺だ。裁判になったら過去の行いが表に出てくるだろうから、代理人の先生には弁護を頑張ってもらわないとな」

相場が冷ややかに告げた。

彼に藤倉議員親子のこれまでの悪行を話すと激し憤りを見せた。これ以上の被害者は出さない。自分が最後だと裕斗と共に藤倉議員と対立し戦うことを決意してくれた。

麻衣子の母親を含め過去の件は既に示談が成立しているが相場はまだ交渉中だった。

警察をはじめとした各機関に報告をし、裕斗は祖父の伝手を含む己が持てるすべてを使って根回しをしている。

藤倉が強い権力を持っているのならそれ以上の力を集め、けれど正々堂々と叩きのめす。

藤倉議員には失脚してもらう。

表舞台から消しさり、そして二度と麻衣子に近づかせない。

「こ、この件は持ち帰り検討します」

裕斗は慌てた様子で出ていく代理人に軽蔑の眼差しを送った。

「尻尾を巻いて逃げ帰ったな」

玄関のドアが閉まる音を遠くに聞くと、相場がにやりと笑った。

「ああ。まさか反撃されるとは思っていなかったんだろうな」

いつも相手を責める立場だったからだろう。責められるのには慣れていない様子だった。

「これから大変だろうが、何とかやり遂げよう。あんな奴らは一刻も早く政治の世界から追い出さないと日本がだめになる」

「そうだな。相場の協力で上手くいきそうだ。助かったよ」

「俺も当事者だから当然だ」

「ああ。でもこれからは一層慎重さが必要だ」

「卑怯な手を使ってきそうだもんな」

資料を広げて今後の動きの打ち合わせをする。

一段落しそろそろ暇をしようかと考えていたとき、相場がそういえばと思い出したような顔をした。

「政治家といえば、粕屋課長に議員令嬢との見合いを押し付けられていたよな。あれはどうなったんだ？」

「ああ……まだ諦めていないようだがそのうち言わなくなる。遠藤議員は藤倉議員の側近といえる存在なんだ。近いうちに娘の縁談どころじゃなくなるだろう」

ましてや藤倉の敵になった裕斗を婿にと望むわけがない。

相場が目を見開いた。

「まじか……一石二鳥になったな」

「偶然だけどな……そろそろ帰るよ」

「あれ、もう七時過ぎたのか」

相場が部屋の掛け時計をちらりと見ながら言った。

「羽澄、夕飯食べていけよ」

「いや、この後彼女の家に行く予定なんだ」

今日は絵麻が友人と一泊旅行に行き不在のため、裕斗が泊まって三つ子の面倒を見ることになっている。

絵麻から「お姉ちゃんと三つ子たちが心配だから泊まってくれませんか？」と頼まれたのだが、彼女は裕斗が早く子供たちと馴染めるように気を遣ってくれたのだと思う。

「それなら引き留めるわけにはいかないな」

「ああ、また連絡する」

相場の家から麻衣子の家は徒歩で二十分かかる。裕斗は冷たい風が吹く夜道を急ぎ進む。

七時過ぎとはいえ、幼児の就寝時間は早い。

麻衣子が言うには、だいたい夜九時前には眠り朝七時に起きるそうだ。

とくに小春は睡眠時間が長めで、八時前にうとうとしだすこともあるのだとか。


大急ぎで歩き十五分ほどで雨村家に到着した。

インターホンを鳴らすと、待ち構えていたように麻衣子と三つ子に出迎えられる。

「裕斗さん、お帰りなさい」

「パパ、おかえり！」

バタバタと駆けてきた大樹が元気な声を出す。彼は裕斗をパパと呼ぶのにまったく躊躇いがないようだ。うれしいことにストレートな好意を向けてくれている。

「おかえりなさい」

柚樹はまだ躊躇いがあるように見える。それでも興味を示してくれているのは分か

「パパおかえりなしゃい」

小春がとことこと近づいてきて、くりっとした丸い目で裕斗を見上げてくる。小さくて可愛らしいその姿に裕斗の胸が締め付けられた。頬が自然とほころぶのを自覚する。

「麻衣子、大樹、柚樹、小春。ただいま」

賑やかで温かな家族のいる家。ただいまと言えることが幸せだと感じる。

「裕斗さんお帰りなさい。ご飯あと少しでできるから」

「ああ、ありがとう」

麻衣子に言われ、洗面所に向かう。

「パパあそんで！」

裕斗の後をついてきた大樹が、せがむように言う。

「ごはんを食べてからにしような。何で遊ぼうか？」

二歳半の子供はどんな遊びが好きなのか、ネットで調べたり子持ちの同僚に聞いたりしたが、どうやら個人差があるらしく明確な答えは得られなかった。

「ブーブー！」

「？　ああ、ミニカーか」

大樹は車のおもちゃが好きらしい。

「柚樹は何が好きなんだ？」

「ぼく、ブロックがいい」

「じゃあ、それもやろう」

ブロックを組み立てるのは想像力と考える力が必要だ。三人の中で一番落ち着いている柚樹らしい遊びだと思う。

「小春は……」

柚樹の隣にちょこんと佇む娘に目を遣る。

「くまたん！」

小春は既に白い熊のぬいぐるみを抱えていた。家にいるときはいつも一緒にいるようだ。

「分かった。ブーブーとブロックとくまだな」

「くまたんよ？」

「あ、ああ。くまたんだな」

小春に指摘をされて、裕斗は苦笑いをしながら言い直す。

三人を連れて、麻衣子が待つダイニングに向かった。

麻衣子にフォローしてもらいながら子供たちとの交流を続けているからか、お互い遠慮がなくなり、子供たちは裕斗に可愛い我儘を言うようになった。

裕斗も子供たちを叱ることができるようになっていった。

「大樹、柚樹、小春好き嫌いはだめだぞ」

好物のサイコロステーキはとっくに完食しているのに堂々と付け合わせのニンジンを残す大樹、ブロッコリーを皿の端に寄せる柚樹、どちらも苦手で手をつけない小春。

「えーにんじんきらい！」

「……へんなあじ」

「うう……」

子供たちが不満を零しながらも、食べようと頑張る姿が可愛い。

「えらいぞ」

頑張ったご褒美に、あとで目いっぱい遊んであげようと思った。

裕斗と三つ子のやり取りを麻衣子が幸せそうな顔で眺めている。

目が合うと極上の笑顔を見せてくれたのだった。

エピローグ

月日が流れ晴れやかな五月の休日。

裕斗と麻衣子は結婚式。

家族と親しい友人のみのささやかで温かな挙式だ。

子供たちにとっても良い思い出になるようにと、自然が美しく童話のように可愛いチャペルを選んだ。

この日を迎えるまでにたくさんの出来事があった。

一番の環境の変化は、引っ越しをしたことだ。麻衣子たちが暮らしていた家と裕斗の職場である霞が関の中間地点にマンションを借りて移り住んだ。

裕斗の通勤を考えると少々不便だが、絵麻に会いに行きやすいようにと、彼が三つ子たちの気持ちを考えて選んでくれた。

子供たちは新しい住まいや保育園に初めは戸惑っていたけれど、毎日パパの顔が見られることがうれしいようで楽しそうに過ごしている。

それから藤倉議員の息子が起訴された。

裁判はこれからだけれどマスコミが大々的に報道し始めたから、彼の罪を皆が知ることになるだろう。

厳かな式が終わると、駆け付けた友人たちが麻衣子と裕斗を祝福してくれる。

「麻衣子、裕斗さん、結婚おめでとう！」

「亜里沙！」

真っ先にやって来たのは亜里沙だった。

彼女は昨年イギリスで出会った男性と結婚したのだが、麻衣子たちの結婚式のために帰国してくれた。久しぶりの再会に麻衣子は喜び、これまでの不義理を謝罪した。

「ブーケもよく似合ってる」

麻衣子が手にしているブーケは亜里沙が手作りしてくれたものだ。

「本当にありがとう」

麻衣子を信じ許してくれた親友には感謝でいっぱいだ。

「裕斗さん、麻衣子をよろしくね」

「ああ」

裕斗が力強く頷くと、亜里沙は安心したように微笑んだ。

「お姉ちゃん、裕斗さん、おめでとう！」

続いて声をかけてくれたのは絵麻だった。

若草色のワンピースを着た彼女は晴れやかな笑顔だ。

「絵麻ありがとう。本当に感謝してる」

ずっと麻衣子と子供たちを、優しく明るくときには厳しく支えてくれていた。

そして……。

麻衣子は絵麻の隣に視線を移した。

「夏目君、来てくれてありがとう」

彼を招待するか迷っていたが、結婚の報告をすると彼から式に出席したいと言ってくれた。

「おめでとう。素晴らしい式だったよ」

夏目が爽やかに微笑み言う。晴れやかな心からの言葉だと感じた。

「夏目君ありがとう」

「ありがとうございます」

麻衣子に続いて裕斗も彼に頭を下げた。彼は一瞬戸惑ったようにしたが、やがてふっきれたような笑顔になった。

「ママ！　パパ！」

チャペルのスタッフが世話をしてくれていた三つ子が、待ちきれないとばかりに駆け寄ってきた。

「ああ、そんなに走って転んだらどうするの？」

挙式後だというのに、麻衣子は思わず高い声を上げてしまった。

「ころばないよ！」

「だいじょうぶ」

三歳を迎えた大樹はますますやんちゃになっている。柚樹もすました顔をしながら結構アクティブだ。

「ママ、キレー」

キラキラした目で麻衣子を見上げる小春は、相変わらず可愛らしい。

「あのね、パパとママにプレジェントあるの」

小春が背中に隠していた丸い筒をよいしょと差し出す。

「プレゼント？」

麻衣子は裕斗と顔を見合わせた。

彼も知らなかったようで、不思議そうにしている。

「うんとね。だいたんとゆずたんとはるでかいたの」

小春が丸く筒になった紙を広げようとする。上手くできなくて大樹と柚樹が手伝い始める。

「えまちゃんとなつめせんせいにおしえてもらったの」

柚樹が言った。

「みんなでがんばった！」

大樹が得意気に胸を張る。

「パパとママなの」

小春がうれしそうな笑顔になった。

三つ子が持つ紙には、麻衣子と裕斗の絵姿があった。

「……みんなで書いてくれたの？　いつの間に……」

全然気づかなかった。今日の日の為に一生懸命書いてくれたのだと思うと胸が熱くなる。

「ありがとうな。すごくうれしいよ」

裕斗も感動しているのだろう。子供たちをぎゅっと大切そうに抱きしめる。

「わーい」

サプライズプレゼントが成功したと、子供たちは大喜びだ。

「こちらで撮影をしましょう」

スタッフがカメラをこちらに向けて叫んだ。

「ああ。みんな行こうか」

裕斗が皆に声をかける。そして。

「麻衣子」

愛しさに溢れる眼差しで手を差し伸べてくれた。

「はい」

心からの幸せを感じながら、麻衣子は手を取ったのだった。

END

あとがき

この度は『いきなり三つ子パパになったのに、エリート外交官は溺愛も抜かりない！』をお手に取っていただき、ありがとうございます。

シークレットベビーの話を書いたことはあるのですが、三つ子は初めての挑戦でしたので、大丈夫かなと心配しながら書き始めました。

子供たちは初登場の時点で二歳五か月なんですが、この年齢の子ってどんな感じだったかな？と娘の幼い頃を思い出したり友人の子がまだ小さいので会いに行ったりしました。

大変だったけれど、三つ子を書くのはとても楽しかったです。できればもう少し出番を増やしてあげたかった。

ヒロインとヒーローの恋愛模様。そして子供たちの活躍？を楽しんで頂けたらうれしいです。

カバーイラストは秋吉しま先生に書いていただきました。

お昼寝中の三つ子が本当に可愛くて、ラフの時点からテンションがあがりました！

オレンジのオーバーオールの子が大樹で水色の子が柚樹かな……など想像しながらしばらく眺めていました。

素敵なイラストをありがとうございました。

この本を出版するにあたりお世話になった皆さまに、深くお礼を申し上げます。

そして応援してくださる読者様に、最大の感謝を。

どうもありがとうございました。

吉澤紗矢《よしざわさや》

吉澤紗矢先生への
ファンレターのあて先

〒104-0031
東京都中央区京橋1-3-1
八重洲口大栄ビル7F
スターツ出版株式会社　書籍編集部　気付

吉澤紗矢先生

本書へのご意見をお聞かせください

お買い上げいただき、ありがとうございます。
今後の編集の参考にさせていただきますので、
アンケートにお答えいただければ幸いです。

下記URLまたは二次元コードから
アンケートページへお入りください。
https://www.ozmall.co.jp/enquete/IndexTalkappi.aspx?id=2301

いきなり三つ子パパになったのに、エリート外交官は溺愛も抜かりない！

2025年3月10日　初版第1刷発行

著　者　吉澤紗矢

発行人　菊地修一
デザイン　カバー　アフターグロウ
フォーマット　hive & co.,ltd.
校　正　株式会社鷗来堂
発行所　スターツ出版株式会社
〒104-0031
東京都中央区京橋1-3-1　八重洲口大栄ビル7F
TEL　03-6202-0386（出版マーケティンググループ）
TEL　050-5538-5679（書店様向けご注文専用ダイヤル）
URL　https://starts-pub.jp/
印刷所　大日本印刷株式会社

Printed in Japan

乱丁・落丁などの不良品はお取替えいたします。
上記出版マーケティンググループまでお問い合わせください。
定価はカバーに記載されています。

ISBN 978-4-8137-1714-0　C0193

ベリーズ文庫 2025年3月発売

『目を覚ますと初めましての御曹司と婚約してました～君が記憶を失くしても、この愛だけは忘れさせない～』 滝井《たきい》みらん・著

令嬢である葵は同窓会で4年ぶりに大企業の御曹司・京介と再会。ライバルのような関係で素直になれずにいたけれど、実は長年片思いしていた。やはり自分ではダメだと諦め、葵は家業のため見合いに臨む。すると、「彼女は俺のだ」と京介が現れ!? 強引にニセの婚約者にさせられると、溺愛の日々が始まり!?

ISBN 978-4-8137-1711-9／定価836円（本体760円＋税10%）

『無口な自衛官パイロットは再会ママとベビーに溺愛急加速中！【自衛官シリーズ】』 惣領莉沙《そうりょうりさ》・著

美月はある日、学生時代の元カレで航空自衛官の碧人と再会し一夜を共にする。その後美月は海外で働く予定が、直前で彼との子の妊娠が発覚！ 彼に迷惑をかけまいと地方でひとり産み育てていた。しかし、美月の職場に碧人が訪れ、息子の存在まで知られてしまう。碧人は溺愛でふたりを包み込んでいき…！

ISBN978-4-8137-1712-6／定価825円（本体750円＋税10%）

『「完全なる失恋だ」と思っている夫婦ですが、実は相思相愛です！～無愛想な脳外科医はお人好し新妻を放っておけない～』 高田《たかだ》ちさき・著

お人好しなカフェ店員の美与は、旅先で敏腕脳外科医・築に出会う。無愛想だけど頼りになる彼に惹かれていたが、ある日愛なき契約結婚を打診され…。失恋はショックだけどそばにいられるなら──と妻になった美与。片想いの新婚生活が始まるはずが、実は築は求婚した時から滾る溺愛を内に秘めていて…!?

ISBN 978-4-8137-1713-3／定価825円（本体750円＋税10%）

『いきなり三つ子パパになったのに、エリート外交官は溺愛も抜かりない！』 吉澤紗矢《よしざわさや》・著

花屋店員だった麻衣子。ある日、友人の集まりで外交官・裕斗と出会う。大人な彼と甘く熱い交際に発展。幸せ絶頂にいたが、ある政治家とのトラブルに巻き込まれ、やむなく裕斗の前から去ることに…。数年後、三つ子を育てていたら裕斗の姿が！ 「必ず取り戻すと決めていた」一途な情熱愛に捕まって…！

ISBN 978-4-8137-1714-0／定価836円（本体760円＋税10%）

『生涯、愛さないことを誓います。～溺愛禁止の契約婚のはずが、女嫌い御曹司が甘く迫ってきます～』 美甘《みあま》うさぎ・著

父の借金返済のため1日中働き詰めな美鈴。ある日、取り立て屋に絡まれたところを助けてくれたのは峯島財閥の御曹司・斗真だった。美鈴の事情を知った彼は突然、借金の肩代わりと引き換えに“3つの条件アリ”な結婚を提案してきて!? ただの契約関係のはずが、斗真の視線は次第に甘い熱を帯びていき…！

ISBN 978-4-8137-1715-7／定価836円（本体760円＋税10%）